16	3	2	13
5	10	11	8
9	6	7	12
4	15	14	1

LAZARILHO DE TORMES

Edição bilíngue

Edição de Medina del Campo, 1554

Organização, edição do texto em espanhol, notas e estudo crítico
Mario M. González

Tradução
Heloísa Costa Milton e Antonio R. Esteves

Revisão da tradução
Valeria De Marco

editora■34

EDITORA 34

Editora 34 Ltda.
Rua Hungria, 592 Jardim Europa CEP 01455-000
São Paulo - SP Brasil Tel/Fax (11) 3811-6777 www.editora34.com.br

Copyright © Editora 34 Ltda., 2005
Organização, edição do texto em espanhol, notas e estudo crítico
© Mario M. González, 2005
Tradução © Heloísa Costa Milton e Antonio R. Esteves, 2005
Revisão da tradução © Valeria De Marco, 2005

A FOTOCÓPIA DE QUALQUER FOLHA DESTE LIVRO É ILEGAL E CONFIGURA UMA
APROPRIAÇÃO INDEVIDA DOS DIREITOS INTELECTUAIS E PATRIMONIAIS DO AUTOR.

Edição conforme o Acordo Ortográfico da Língua Portuguesa.

Título original:
La vida de Lazarillo de Tormes, y de sus fortunas y adversidades

Capa, projeto gráfico e editoração eletrônica:
Bracher & Malta Produção Gráfica

Revisão:
Cide Piquet, Ana Paula Gomes

1ª Edição - 2005, 2ª Edição - 2012 (2ª Reimpressão - 2024)

CIP - Brasil. Catalogação-na-Fonte
(Sindicato Nacional dos Editores de Livros, RJ, Brasil)

Lazarilho de Tormes / edição de Medina
del Campo, 1554; organização, edição do texto em
espanhol, notas e estudo crítico de Mario M. González;
tradução de Heloísa Costa Milton e Antonio R. Esteves;
revisão da tradução de Valeria De Marco. — São Paulo:
Editora 34, 2012 (2ª Edição).
224 p.

ISBN 978-85-7326-323-7

Tradução de: Lazarillo de Tormes
Edição bilíngue português-espanhol

1. Literatura espanhola. 2. Literatura - Espanha -
Séc. XVI - História e crítica. I. González, Mario M.
II. Milton, Heloísa Costa. III. Esteves, Antonio R.
IV. De Marco, Valeria. V. Título.

CDD - 860E

LAZARILHO DE TORMES

Apresentação 7
As traduções de *Lazarillo de Tormes* ao português 10
Critérios da presente edição em espanhol 11
Nota dos tradutores 14

*La vida de Lazarillo de Tormes,
y de sus fortunas y adversidades* 16

*A vida de Lazarilho de Tormes,
e de suas fortunas e adversidades* 17

Lazarillo de Tormes: estudo crítico 185
Moedas cunhadas no reino de Castela e Leão,
   no século XVI, sob Carlos I 218
Principais edições recentes, em espanhol,
   de *Lazarillo de Tormes* 220
Bibliografia mínima sobre *Lazarillo de Tormes* 221

APRESENTAÇÃO

Lazarillo de Tormes é, sabidamente, uma das obras-primas da literatura espanhola e universal. Narrativa anônima do século XVI, pode ser entendida como uma das primeiras manifestações do romance e, dentro deste, é o ponto de partida do romance picaresco. Apesar disso, até hoje, não teve uma edição em português à altura de sua importância literária, histórica e cultural e, ao mesmo tempo, voltada para o leitor brasileiro. A maioria das diversas traduções, que referimos mais adiante, em geral, quando não partiram da edição mutilada pela censura, foram versões bastante livres que chegaram a modificar o texto de forma tão ou mais radical do que fizera a própria Inquisição, na edição espanhola de 1573, ou pautaram-se por critérios de tradução a nosso ver inadequados. Quase todas elas careceram de aparato crítico que desse conta da complexidade do texto e da distância que o separa do leitor contemporâneo.

Esgotada uma edição realizada pela Embaixada da Espanha no Brasil, em 1992 — da qual participou parte da equipe responsável pela presente —, e tendo em vista a grande demanda pelo texto entre os estudantes universitários brasileiros de Literatura Espanhola, fazia-se premente uma nova edição. Um fato, no entanto, acontecido exatamente naquele ano de 1992, e que veio a público no fim de 1995, levou-nos a mudar o rumo de uma simples reedição.

Com efeito, em meados de 1992, ao dar-se início à reforma do sótão de uma antiga casa localizada no centro do povoado de Barcarrota, na província de Badajoz, região da Extremadura, na Espanha, foi encontrada, atrás de uma parede falsa, uma pequena biblioteca formada por onze títulos (dez em nove volumes impressos e um manuscrito), todos eles datados do século XVI e proibidos à época pela Inquisição. O cuidado com que o proprietário embrulhara os volumes permitira uma boa conservação da maioria dos textos. Um dos mais bem conservados, felizmente, era uma edição de *Lazarillo de Tormes* realizada em Medina del Campo (em 1554, assim como as outras três mais antigas até hoje conhecidas) e de cuja existência não se tinha notícia até então. Entre os demais títulos, havia textos em francês, italiano, latim, grego, hebraico e um em português: a *Oração da emparedada*. Tratava-se, sem dúvida, de exemplares da biblioteca de um erudito, um humanista, talvez um reformista ou um converso (Cañas Murillo, 1997, p. 13). A incógnita sobre a identidade do proprietário passou a ser um dos enigmas mais interessantes recentemente propostos aos hispanistas. No entanto, em 2004, Fernando Serrano Mangas o identificou como sendo Francisco de Peñaranda, médico nascido em Llerena, que ele entende ter sido um criptojudeu, isto é, alguém que fingia ter se convertido ao cristianismo mas que, em segredo, praticava a religião judaica. À época da publicação do *Lazarilho de Tormes*, Peñaranda era o proprietário da casa onde os volumes foram encontrados já no fim do século XX.

Tendo muitos críticos considerado que essa edição de *Lazarillo de Tormes* seria a mais próxima à *princeps*, até hoje perdida, decidimos utilizá-la como base para a nossa edição. Para tanto, empreendemos a transcrição do original, a partir de uma edição fac-similar.

A presente edição destina-se tanto aos estudantes e professores universitários brasileiros quanto aos amantes da literatura em geral. É bilíngue e impressa de maneira espelhada, a fim de permitir a leitura do texto em português e, ao mesmo tempo, o cotejo com o original; ou, também, a leitura em espanhol, com a possibilidade de resolver, na tradução, as dúvidas que ocorrerem àqueles que não dominem a língua espanhola do século XVI. Além disto, o volume traz notas de rodapé que esclarecem questões pontuais, bem como um estudo crítico no qual se comentam e elucidam alguns dos principais problemas que o texto apresenta.

Para esta 2ª edição, além de revisar o texto em espanhol e alguns detalhes da tradução, tanto na "Apresentação" como no "Estudo crítico" (e mesmo na edição do texto) levamos em conta as mais recentes contribuições da crítica especializada, fato que levou a algumas modificações com relação à 1ª edição. Particularmente, salientamos o fato de termos dividido explicitamente o texto habitualmente conhecido como "Prólogo" da obra em dois segmentos: "Prólogo" e "Dedicatória", levando em conta que, no primeiro deles, a voz é a do autor, no segundo, quem ouvimos já é o narrador-protagonista do relato.

Agradecemos a João Azenha Jr. e Neide Maia González, pelas sugestões que muito contribuíram para o melhor resultado do nosso trabalho.

Mario M. González

AS TRADUÇÕES DE
LAZARILLO DE TORMES
AO PORTUGUÊS

A primeira tradução de *Lazarillo de Tormes* ao português — feita por A. de Faria Barreiros, a partir do *Lazarillo de Tormes* "castigado" (isto é, mutilado) de 1573 — foi publicada em Lisboa, em 1786. Depois dela, registramos as seguintes: Paris, 1838, por José da Fonseca (mencionada por Joseph L. Laurenti, na sua *Bibliografía de la literatura picaresca*, Metuchen, The Scarecrow Press, 1973, p. 88, mas que nunca conseguimos localizar); Paris, 1838, por G. F. Grandmaison y Bruno, feita a partir do francês e reunindo num só texto o *Lazarillo de Tormes* de 1554 (que conclui agora com o primeiro capítulo da continuação anônima de 1555) e a *Segunda parte*, de Juan de Luna, de 1620; depois, teríamos a recriação livre de *Lazarillo de Tormes* feita no Brasil por Antônio Lages (Rio de Janeiro, 1939); mais duas portuguesas: a de Lisboa, 1971, por Ricardo Alberty, e a de Barcelos, 1977, por Arsênio Mota, esta última incluindo a continuação de Juan de Luna. As últimas traduções publicadas que conhecemos são a de Stella Leonardos (Rio de Janeiro, 1984), a de Pedro Câncio da Silva (São Paulo, 1992), a de Alex Cojorian (Brasília, 2002) e a de Roberto Gomes (Porto Alegre, 2005). Não deve ser considerada como tradução e nem sequer como uma adaptação da obra o *Lazarillo de Tormes* publicado, em 1972, pela Editora Tecnoprint para sua coleção Ediouro, com texto em português de Marques Rebelo, no qual o romance é violentamente censurado e transformado num texto que é a negação do original.

M. M. G.

CRITÉRIOS DA
PRESENTE EDIÇÃO
EM ESPANHOL

O texto que se segue é o resultado da transcrição realizada diretamente da edição fac-similar da edição de Medina del Campo, de 1554, publicada pela Junta de Extremadura em 1996. Procuramos respeitar o texto original, de modo a preservar seu sentido histórico. Foi necessário, no entanto, matizar esse critério básico, no intuito de facilitar a leitura do leitor contemporâneo. Dessa maneira:

Modernizamos, em geral, a ortografia e a pontuação. Quanto à ortografia, além de atualizar a acentuação, reduzimos *s, ss, ç, z* a *s*, bem como ç a *z, f* inicial a *h, ph* a *f, chr* a *cr, cc* a *c, q* a *c, sc* a *c, x* a *j*, quando equivalente; *y, h, x, b, v, u, rr, g* e *j* também são tratadas segundo a grafia moderna; mantivemos, porém, o *x*, em formas como "caxco", "coxcorrones", "coxeaba"/"coxqueaba", "maxcada", "moxquito", etc., por melhor preservar a fonética da época; pela mesma razão mantivemos "validas", por "válidas". Modernizamos, igualmente, a maioria dos latinismos, como "peccador", "innocente", "bulla", "Sancto Thomas", "sancta", "officio", "delictos", etc. Levamos em conta, para isto, bem como para a determinação dos parágrafos do texto e uso do parêntese, algumas das edições recentes mais respeitadas (Caso González, Rico, Blecua, Carrasco).

Conservamos, no intuito de preservar o aspecto arcaizante do texto, certas contrações, como "dello", "desta", "aquesta", "dél", "estotro", "dentre", "desque", "entrellos", etc.; a assimilação do *r* final do infinitivo pelo pronome posposto ("tomalle", etc.); a assimilação do pretérito imperfeito ("mojamos", por "mojábamos", "rezamos" por "rezábamos", "vía" por "veía", etc.); a forma arcaica "hía" na formação do futuro hipotético; a forma "veen" para a terceira pessoa plural do presente do indicativo de "ver"; metáteses como "ternía" por "tendría"; vocábulos ou grafias que hoje são arcaísmos, como "sotil", "sotileza", "fingendo", "criar" (por "crear"), "aliende", "mochacho", "estender", "Sant", "agora", "debría", "gulilla", "ansí", "travesemos", "ensangosta", "comigo", "sepoltura", "vezado", "plega" (= "plazca"), "receber", "dubda", "esgremidor", "descripto", "mientra", "cibdad", "vee" (= "ve"), "de espacio", "halda" (= "falda"), "hobiese", "veniste", "estranjeros", "cabdal", "parecien", "valdríen", "hallaríe", "alquilé" (= "alquiler"), "escrebir", "mesmo", etc.; grafias ou formas de origem popular, tais como "turóme" (= "duróme"), "atapábale" (= "tapábale"), "dende" ("de ahí"), "mirá" (= "mirad"), "saltá" (= "saltad"), "olé" (= "oled"), "andá" (= "andad"), "apertado" (= "apretado"), "destiento", "priesa" (= "prisa"), "olistes" (= "olisteis"), "aflición" (= "aflicción"), "trujo" (= "trajo"), "atapar" (= "tapar"), "hecimos" (= "hicimos"), "¡Par Dios!" (= "¡Por Dios!"), "riñiese" (= "riñese") etc.; alguns latinismos, como "cuasi", "cuotidiana".

Corrigimos erros evidentes que podem ser entendidos como falhas do copista, com indicação em nota de rodapé, levando em conta as demais edições antigas e as edições modernas mais respeitadas; modernizamos, sem indicação em nota de rodapé, formas que, se transcritas literalmente, poderiam levar a uma leitura equivocada — como, por exemplo, no caso de "tan poco", quando é utilizado com o sentido de "tampoco", ou de "tan bien" como "también", ou vice-versa — ou outras que poderiam ser entendidas como erros de transcrição.

Uniformizamos as variações do tipo "ansí" e "así", "tractado" e "tratado", optando pela forma mais moderna, a não ser nos casos em que há um predomínio muito claro da forma arcaica, quando conservamos a alternância excepcional: por exemplo, no caso da assimilação do *r* final do infinitivo pelo pronome posposto ("tomalle"/"tomarle").

Quanto às interpolações da edição de Alcalá (1554), optamos por incluí-las em nota de rodapé. Definimos o texto dessas interpolações a partir do cotejo das mais recentes e conceituadas edições modernas, mantendo os critérios de transcrição nelas predominantes. Cabe observar que, como concordamos com a teoria de Francisco Rico (1988), no sentido de que a tradicional divisão em "tratados" (capítulos) existente em todas as edições antigas conhecidas não constaria do manuscrito original, eliminamos essa separação, mantendo, no entanto, os títulos desses capítulos à margem, no intuito de orientar o leitor na utilização das referências bibliográficas que os levem em conta. No entanto, separamos do tradicionalmente chamado "Prólogo" o segmento final, onde já não registramos a voz do autor anônimo, mas a da personagem Lázaro de Tormes que, nesse segmento, dirige-se ao destinatário explícito do relato de sua vida. Por outra parte, embora mantendo o título completo que registra a edição de Medina del Campo que transcrevemos (*La vida de Lazarillo de Tormes, y de sus fortunas y adversidades*), salientamos o mais simples e consagrado, e que preferimos para a presente edição (*Lazarillo de Tormes*), uma vez que, também segundo Rico (1988), o manuscrito original não levaria nenhum título.

Finalmente, para nos referirmos às demais edições de 1554, utilizamos as siglas *Bu*: Burgos; *An*: Antuérpia; *Al*: Alcalá. A edição realizada por Velasco em 1573 por ordem da Inquisição, conhecida como *Lazarillo castigado*, é identificada com a sigla *Ve*. Utilizamos a sigla *Sa* para as referências à edição realizada em 1599 por Luis Sánchez.

M. M. G.

NOTA DOS TRADUTORES

A tradução pautou-se pelo intuito de ser o mais fiel possível ao texto original, sem, contudo, resultar inacessível ao leitor brasileiro contemporâneo. Nesse sentido, procurou-se modernizar alguns registros linguísticos, por meio de atualização semântica principalmente. Preservou-se, no entanto, certo tom arcaizante com o resguardo de algumas construções sintáticas inerentes à especificidade poética da obra. Vale ressaltar que, no tocante às pessoas do discurso, optou-se por três formas de tratamento: "você" para o *tú* do original, "o senhor" para *vos* e "Vossa Mercê" para *Vuestra Merced*.

Heloísa Costa Milton
Antonio R. Esteves

*A quem um dia arriscou a vida
para preservar este livro.*

La vida de

LAZARILLO DE TORMES,
y de sus fortunas y adversidades

A vida de

LAZARILHO
DE TORMES,
e de suas fortunas e adversidades

PRÓLOGO

Yo por bien tengo que cosas tan señaladas, y por ventura nunca oídas ni vistas, vengan a noticia de muchos y no se entierren en la sepultura del olvido, pues podría ser que alguno que las lea halle algo que le agrade. Y a los[1] que no ahondaren tanto los deleite. Y a este propósito dice Plinio que no hay libro, por malo que sea, que no tenga alguna cosa buena. Mayormente que los gustos no son todos unos; mas, lo que uno no come, otro se pierde por ello. Y así vemos co-

---

[1] *los*: no original, *las*. Errata evidente.

PRÓLOGO[1]   Eu tenho por bem que coisas tão assinaladas, e porventura nunca ouvidas nem vistas, cheguem ao conhecimento de muitos e não se enterrem na sepultura do esquecimento,[2] pois pode ser que alguém que as leia nelas encontre algo que lhe agrade,[3] e àqueles que não se aprofundarem muito, que os deleite. A esse propósito diz Plínio[4] que não há livro, por pior que seja, que não tenha alguma coisa boa. Principalmente porque os gostos são variados e o que um não come, outros se matam por comer. Assim vemos coisas que, menospreza-

---

[1] O fragmento identificado com maior propriedade pelo editor do original é este "Prólogo", já que não apenas cumpre esta função como tem uma clara independência com relação à narrativa em si. Cf. o "Estudo crítico" ao final do volume.

[2] Este começo é digno de uma novela de cavalaria e, assim, parece-nos paródico. Tem-se a impressão de que o autor vai iniciar um relato de aventuras maravilhosas ou fantásticas; trata-se, no entanto, de uma vida tão sem importância que sequer pareceria digna de ser contada. Assim, já esta primeira frase do romance é bastante ambígua.

[3] O sentido do verbo "agradar" é, no original, o de o leitor concordar com o autor. Dessa maneira, o romance se inicia com a menção da possibilidade de no mínimo duas leituras: uma, a do leitor que não se aprofundar muito e que, assim, poderá se deleitar com a narrativa; e a outra, a do leitor que, ao deter-se mais no texto, poderá descobrir a intencionalidade do autor. Esta sentença é importantíssima, na medida em que, ao deixar o significado do texto aberto ao leitor, o autor está colocando uma das pedras fundamentais da forma narrativa que será o gênero romance.

[4] *Plínio:* Plínio, o Jovem, ou Caius Plinius Cecilius (61-102 d.C.), escritor latino que, no livro III de sua obra *Epistulae*, atribui uma afirmação equivalente a seu tio Plínio, o Velho. A citação que se segue parece acentuar a importância, para o autor de *Lazarillo de Tormes*, de que o leitor não desista de descobrir o sentido mais profundo da narrativa.

sas tenidas en poco de algunos que de otros no lo son. Y esto para que ninguna cosa se debería romper ni echar a mal, si muy detestable no fuese, sino que a todos se comunicase, mayormente siendo sin perjuicio y pudiendo sacar della algún fruto; porque, si así no fuese, muy pocos escribirían para uno solo, pues no se hace sin trabajo, y quieren, ya que lo pasan, ser recompensados, no con dineros, mas con que vean y lean sus obras, y si hay de qué, se las alaben. Y a este propósito dice Tulio: "La honra cría las artes".

¿Quien piensa que el soldado que es primero del escala tiene más aborrecido el vivir? No por cierto, mas el deseo de alabanza le hace ponerse al peligro. Y así en las artes y letras es lo mismo. Predica muy bien el presentado y es hombre que desea mucho el provecho de las ánimas; mas pregunten a su merced si le pesa cuando le dicen: "¡Oh, qué maravillosamente lo ha hecho vuestra reverencia!". Justó muy ruinmente el señor don Fulano, y dio el sayete de armas al truhán, porque lo loaba de haber llevado muy buenas lanzas; ¿qué hiciera si fuera verdad?

Y todo va desta manera, que considerando yo no ser más santo que mis vecinos, desta nonada que en

das por alguns, por outros não o são. Por isso, nenhuma coisa deveria ser destruída ou desprezada, a menos que fosse muito detestável; antes, que chegasse ao conhecimento de todos, principalmente sendo sem prejuízo e podendo-se dela tirar algum proveito. Porque, se assim não fosse, muito poucos escreveriam para um só, pois isso não se faz sem trabalho, e, já que o têm, querem ser recompensados, não com dinheiro, mas com que vejam e leiam suas obras e, se forem merecedoras, que sejam elogiadas. A esse propósito diz Túlio:[5] "A honra cria as artes".[6]

Pensará alguém que o soldado, que é o primeiro na escala, tem a vida mais maçante? É certo que não; mas o desejo de ser louvado o faz lançar-se ao perigo. Nas artes e nas letras acontece a mesma coisa. Predica muito bem o prelado e é homem que deseja ardentemente o proveito das almas, mas perguntem a sua mercê se lhe pesa quando lhe dizem: "Oh, quão maravilhosamente pregou Vossa Reverência!". Lutou muito mal o senhor dom Fulano e deu o gibão da batalha ao truão porque este o louvava por ter dado muito boas lançadas. Que teria feito, se fosse verdade?[7]

E tanto vai a coisa dessa forma, que, confessando que não sou mais santo que meus vizinhos, desta nonada, que

---

[5] Trata-se do orador e escritor latino Cícero (Marcus Tullius Cicero, 106-44 a.C.).

[6] A honra, que aparece já nesta citação de Cícero, é uma das chaves para a leitura da obra, na medida em que era um dos valores fundamentais da sociedade da época, como o próprio narrador-protagonista deixará ver ao longo do seu relato.

[7] Nos três casos citados é evidente a denúncia de que o verdadeiro motor das ações humanas, na sociedade da época, é a opinião alheia, fundamento da "honra".

este grosero estilo escribo, no me pesará que hayan parte y se huelguen con ello todos los que en ella algún gusto hallaren, y vean que vive un hombre con tantas fortunas, peligros y adversidades.

neste grosseiro estilo[8] escrevo, não me pesa que tomem parte e com isto se divirtam aqueles que nela algum prazer encontrarem, e vejam como vive um homem com tantas desgraças, perigos e adversidades.

---

[8] O "grosseiro estilo" com que o autor caracteriza sua escritura deve entender-se como o estilo próprio das narrativas não-ficcionais. Com isto, contrariamente ao que pareceria antecipar a frase inicial do "Prólogo", o leitor vai sendo preparado para se defrontar com uma narrativa muito mais voltada para a realidade histórica do que para a fantasia.

DEDICATORIA

Suplico a Vuestra Merced reciba el pobre servicio de mano de quien lo hiciera más rico, si su poder y deseo se conformaran. Y pues Vuestra Merced escribe se le escriba y relate el caso muy por extenso, pareciome no tomalle por el medio, sino del principio, porque se tenga entera noticia de mi persona; y también porque consideren los que heredaron nobles estados cuán poco se les debe, pues Fortuna fue con ellos parcial, y cuánto más hicieron los que, siéndoles contraria, con fuerza y maña remando salieron a buen puerto.

DEDICATÓRIA Suplico a Vossa Mercê[9] que receba este pobre serviço das mãos de quem o faria muito mais rico, se seu poder e desejo estivessem em conformidade. E como Vossa Mercê escreve pedindo que lhe escreva e relate o caso[10] bem por extenso, pareceu-me melhor não tomá-lo pelo meio, mas começar bem do princípio, para que se tenha cabal notícia de minha pessoa. E também para que considerem os que herdaram uma nobre situação quão pouco se lhes deve, já que Fortuna[11] foi com eles parcial, e quanto mais fizeram aqueles que, sendo-lhes ela contrária, remando com força e manha contra a maré, chegaram a bom porto.[12]

---

[9] A súbita aparição de alguém a quem o texto é dirigido pode ser explicada se entendermos que estes dois parágrafos habitualmente considerados parte do "Prólogo" já não pertencem a este, mas constituiriam uma dedicatória (cf. o "Estudo crítico" ao final do volume). A partir daqui, quem fala não é o autor do livro, mas Lázaro de Tormes, que se identificará logo depois. O leitor, destinatário implícito da narrativa, defronta-se com a existência de um destinatário explícito do texto e passa, assim, ao papel de testemunha do relato, que, em termos literários, configura-se agora como um "manuscrito encontrado" pelo autor do "Prólogo".

[10] Entende-se que "Vossa Mercê" seja alguém que escrevera solicitando uma explicação por escrito de um caso concreto. Tudo indica que este caso seja a duvidosa situação final do protagonista. O fato de que Lázaro, para explicar o "caso", decida contar sua vida transforma o que prometia ser uma narrativa de fatos extraordinários numa longa carta de teor autobiográfico. O leitor, assim, é deslocado do universo ficcional para o documental.

[11] No original, "fortuna". Grafamos com maiúscula por ser clara alusão à divindade latina assim designada. Trata-se de um motivo estruturador da narrativa, que reaparecerá — agora com minúscula —, como referência à sorte, no parágrafo final do romance.

[12] É interessante que Lázaro defina como as armas válidas para esta as-

TRATADO[2] PRIMERO
Cuenta Lázaro su
vida y cúyo hijo fue

Pues sepa Vuestra Merced, ante todas cosas, que a mí llaman Lázaro de Tormes, hijo de Tomé González y de Antona Pérez, naturales de Tejares, aldea de Salamanca. Mi nacimiento fue dentro del rio Tormes, por la cual causa tomé el sobrenombre; y fue desta manera: mi padre, que Dios perdone, tenía cargo de proveer una molienda de una aceña que está ribera de aquel río. En la cual fue molinero más de quince años; y estando mi madre una noche en la aceña preñada de mí, tomole el parto y pariome allí. De manera que con verdad puedo decirme nacido en el río.

Pues siendo yo niño de ocho años, achacaron a mi padre ciertas sangrías mal hechas en los costales de los que allí a moler venían. Por lo cual fue preso y confesó y no negó y padeció persecución por justicia. Espero en Dios que está en la gloria, pues el Evange-

---

[2] No original, alternam-se as formas *tractado* e *tratado*. Uniformizamos optando por esta última.

TRATADO PRIMEIRO
Conta Lázaro sua vida e de quem foi filho[13]

Pois saiba Vossa Mercê, antes de mais nada, que a mim me chamam Lázaro de Tormes, filho de Tomé González e de Antona Pérez, naturais de Tejares,[14] aldeia de Salamanca. O meu nascimento ocorreu dentro do rio Tormes, razão pela qual tenho esse sobrenome, e foi da seguinte maneira: meu pai, que Deus o perdoe, tinha a função de prover a moenda de um moinho de roda que está às margens daquele rio, onde trabalhou por mais de quinze anos. Aconteceu que minha mãe, estando grávida de mim, foi uma noite ao moinho, ali sentiu as dores do parto e me pariu. De modo que, em verdade, posso dizer que nasci no rio.

Quando eu tinha uns oito anos de idade, culparam meu pai por certas sangrias malfeitas nos fardos de trigo que ali traziam para moer. Por tal motivo ele foi preso, confessou tudo, nada negou e sofreu perseguição da justiça. Espero, em Deus, que esteja na glória, pois o Evangelho os

---

censão a "força" e a "manha". A primeira identificaria uma atitude própria de um guerreiro, mas Lázaro será a paródia disso, na medida em que foge a qualquer verdadeiro esforço e carece de heroísmo; a segunda, tradução possível da especulação burguesa, que, não sendo caminho realmente válido de ascensão na Espanha da época, aparece, ao longo da narrativa, degradada no seu desvio que é a astúcia do pícaro.

[13] Como em outras ocasiões (ver o tratado VII), a não-correspondência do título do tratado com o seu conteúdo permitirá supor que ele foi adicionado por mão diferente da do autor do romance. No caso, Lázaro vai muito além de contar quem foram os seus pais e aquém de contar a sua vida, como se verá. Assim, deve-se prescindir desses títulos ao considerar a estrutura da narrativa.

[14] O povoado de Tejares localiza-se, efetivamente, muito próximo da cidade de Salamanca e junto do rio Tormes.

lio los llama bienaventurados.[3] *En este tiempo se hizo cierta armada contra moros, entre los cuales fue mi padre, que a la sazón estaba desterrado por el desastre ya dicho, con cargo de acemilero de un caballero que allá fue. Y con su señor, como leal criado, feneció su vida.*

Mi viuda madre, como sin marido y sin abrigo se viese, determinó arrimarse a los buenos por ser uno dellos y vínose a vivir a la ciudad y alquiló una casilla y metíase a guisar de comer a ciertos estudiantes; y lavaba la ropa a ciertos mozos de caballos del Comendador de la Magdalena. De manera que fue frecuentando las caballerizas.

---

[3] A paródia do texto do Evangelho levou à supressão, a partir da edição *Sa*, de 1599, dos trechos "y no negó [...] justicia" e "pues [...] bienaventurados".

chama bem-aventurados.[15] Por essa época, organizaram uma expedição contra os mouros[16] e nela foi meu pai, que então estava desterrado pelos acontecimentos já referidos, com o encargo de cuidar das mulas de um cavaleiro[17] que para a batalha foi. E com seu senhor, como leal criado, nela perdeu a vida.

Minha mãe, viúva, vendo-se sem marido e sem abrigo, decidiu juntar-se às pessoas de bem para poder ser uma delas. Foi então morar na cidade,[18] onde alugou uma casinha e passou a dar de comer a um grupo de estudantes e lavava a roupa de alguns rapazes que cuidavam dos cavalos do Comendador da Magdalena.[19] Assim começou a frequentar as cavalariças.[20]

---

[15] Evocação claramente paródica do texto do Evangelho (Mt., 5, 10), incluído na relação das "bem-aventuranças" que faz parte do chamado "Sermão da Montanha".

[16] A história registra duas expedições espanholas à ilha de Gelves, no Mediterrâneo, no século XVI, na tentativa de livrá-la do domínio muçulmano: a primeira, em 1510, que terminou em derrota dos cristãos, e a segunda, em 1520, na qual foram vitoriosos. Não há consenso, entre os críticos, sobre qual seria esta a que Lázaro se refere. Parece-nos, contudo, que não há, por parte do autor, a intenção de datar o relato de Lázaro, mas apenas de indicar a época do imperador Carlos I.

[17] *Cavaleiro*: no original, "caballero". Leve-se em conta que o espanhol dispõe apenas deste último termo para designar tanto o cavaleiro — isto é, o homem que anda a cavalo e, por extensão, o guerreiro a cavalo — quanto o cavalheiro, o indivíduo que corresponde aos padrões de refinamento das classes sociais mais aquinhoadas.

[18] No original, "a la ciudad"; entenda-se "na cidade de Salamanca".

[19] Comendador era o membro de uma ordem militar a quem fora outorgada uma "encomenda", isto é, o direito ao usufruto de terras e rendas de propriedade da Ordem. A encomenda da Magdalena, em Salamanca, pertencia à Ordem de Alcântara, que, como suas similares de Santiago e Calatrava,

Ella y un hombre moreno de aquellos que las bestias curaban vinieron en conocimiento. Este algunas veces se venía a nuestra casa y se iba a la mañana; otras veces, de día llegaba a la puerta en achaque de comprar huevos y entrábase en casa. Yo al principio de su entrada pesábame con él y habíale miedo viendo el color y mal gesto que tenía. Mas de que vi que con su venida mejoraba el comer, fuile queriendo bien, porque siempre traía pan, pedazos de carne y en el invierno leños, a que nos calentábamos.

De manera que continuando la posada y conversación, mi madre vino a darme un negrito muy bonito; el cual yo brincaba y ayudaba a calentar.[4] Y acuérdome que estando el negro de mi padrastro trebejando con el mozuelo, como el niño vía a mi madre y a mí blancos y a él no, huía de él con miedo para mi madre y, señalando con el dedo, decía: "¡Madre, coco!". Respondió él riendo: "¡Hideputa!". Yo, aunque bien mochacho, noté aquella palabra de mi hermanico y dije entre mí: "¡Cuántos debe de haber en el mundo que huyen de otros porque no se veen a sí mismos!".

Quiso nuestra fortuna que la conversación del Zaide, que así se llamaba, llegó a oídos del mayordo-

---

[4] *Ve* diz: "a acallar" (= "a fazer calar"), o que é mais lógico e permite supor que o censor trabalhou com uma edição diferente (anterior?) das conhecidas, de 1554.

Ali veio a conhecer um homem moreno[21] daqueles que cuidavam dos animais. Algumas vezes ele vinha a nossa casa, onde passava a noite; outras vezes, durante o dia, aproximava-se da porta, com a desculpa de comprar ovos, e entrava. Eu, a princípio, quando ele aparecia, assustava-me e sentia medo dele, vendo sua cor e a aparência que tinha. Mas, quando entendi que com sua vinda melhorava a comida, comecei a gostar dele, pois sempre trazia pão, pedaços de carne e, no inverno, lenha com a qual nos esquentávamos.

De maneira que, seguindo com a pousada e as conversas, minha mãe veio a dar-me um irmãozinho, um negrinho muito bonito, que eu embalava e ajudava a aquecer. Lembro-me de que, estando o negro do meu padrasto brincando com o menino, como a criança visse a mim e a minha mãe brancos e ao pai não, dele fugia com medo e, dirigindo-se a minha mãe, apontava com o dedo e dizia: "Mãe, o bicho-papão". Respondeu ele rindo: "Filho da puta!". Eu, apesar da pouca idade, observei aquelas palavras de meu irmãozinho e disse a mim mesmo: "Quantos não deve haver no mundo que fogem dos outros porque não enxergam a si mesmos!".

Quis o destino que o caso da minha mãe com o Zaide, que assim se chamava, chegasse aos ouvidos do mordomo

---

era formada por cavaleiros cuja missão militar substituía as funções meramente religiosas dos membros das ordens tradicionais.

[20] As atividades desempenhadas pela mãe de Lázaro, para sobreviver, são as mais diversas, e os críticos, em geral, entendem que elas incluiriam a prostituição.

[21] No original, "moreno": eufemismo para "negro".

mo; y hecha pesquisa hallose que la mitad por medio de la cebada que para las bestias le daban hurtaba, y salvados, leña, almohazas, mandiles, y las mantas y sábanas de los caballos hacía perdidas; y cuando otra cosa no tenía, las bestias desherraba; y con todo esto acudía a mi madre para criar a mi hermanico. No nos maravillemos de un clérigo, ni de un fraile, porque el uno hurta de los pobres y el otro de casa para sus devotas y para ayuda de otro tanto,[5] *cuando a un pobre esclavo el amor le animaba a esto.*

Y probósele cuanto digo, y aún más, porque a mí con amenazas me preguntaban y, como niño, respondía y descubría cuanto sabía, con miedo; hasta ciertas herraduras que por mandado de mi madre a un herrero vendí. Al triste de mi padrastro azotaron y pringaron, y a mi madre pusieron pena por justicia, sobre el acostumbrado centenario, que en casa del sobredicho comendador no entrase ni al lastimado Zaide en la suya acogiese.

Por no echar la soga tras el caldero, la triste se esforzó y cumplió la sentencia; y por evitar peligro y quitarse de malas lenguas, se fue a servir a los que al presente vivían en el mesón de la Solana; y allí, padeciendo mil importunidades, se acabó de criar mi hermanico hasta que supo andar; y a mí hasta ser

---

[5] "Para ayuda de otro tanto" indicaria "por socorrer seu filho", mediante uma correlação com o menino, meio-irmão de Lázaro, a quem acaba de referir-se o narrador. A censura suprimiu, na edição *Ve*, de 1573, toda a frase "No nos maravillemos [...] a esto".

e, feita uma investigação, descobriram que pelo menos a metade da cevada que lhe davam para alimentar os animais ele roubava, além de farelo, lenha, rascadeiras e esfregões e de fingir perdidas as mantas e os panos dos cavalos. Quando outra coisa não havia, chegava a tirar as ferraduras dos animais e tudo isso levava a minha mãe, para ajudar a criar meu irmãozinho. Não nos admiremos de um clérigo ou de um frade, porque o primeiro rouba dos pobres e o segundo, do convento, para suas devotas e para ajudar a outro tanto, quando a um pobre escravo o amor levava a fazer isso.

Tudo quanto digo foi provado, e muito mais, porque a mim me interrogavam com ameaças e eu, como criança que era, amedrontado, contava tudo quanto sabia; até mesmo de certas ferraduras que a mando de minha mãe eu vendera a um ferreiro. Açoitaram o triste do meu padrasto e pingaram nele gordura quente. Também impuseram a minha mãe, como pena, além dos cem açoites habituais, não entrar nunca mais na casa do comendador nem receber na sua o pobre Zaide.

Para não piorar as coisas, a coitada esforçou-se no cumprimento da sentença e, para evitar maiores problemas e livrar-se das más línguas, começou a servir aos que viviam nessa época na estalagem da Solana. Ali, sofrendo infinitos incômodos, acabou de criar meu irmãozinho até que ele aprendeu a andar, e a mim, até ser um bom rapaz,

buen mozuelo; que iba a los huéspedes por vino y candelas y por lo demás que me mandaban.[6]

En este tiempo vino a posar al mesón un ciego, el cual, pareciéndole que yo sería para adestralle, me pidió a mi madre; y ella me encomendó a él, diciéndole cómo era hijo de un buen hombre, el cual por ensalzar la fe había muerto en la de los Gelves, y que ella confiaba en Dios no saldría peor hombre que mi padre, y que le rogaba me tratase bien y mirase por mí, pues era huérfano. Él respondió que así lo haría y que me recibía no por mozo sino por hijo. Y así le comencé a servir y adestrar a mi nuevo y viejo amo.

Como estuvimos en Salamanca algunos días, pareciéndole a mi amo que no era la ganancia a su contento, determinó irse de allí. Y cuando nos hubimos de partir, yo fui a ver a mi madre, y ambos llorando, me dio su bendición y dijo:

— Hijo, ya sé que no te veré más. Procura ser bueno, y Dios te guíe. Criado te he y con buen amo te he puesto. Válete por ti.

Y ansí me fui para mi amo que esperándome estaba.

Salimos de Salamanca, y llegando a la puente, está a la entrada della un animal de piedra que casi tiene la forma de toro; y el ciego mandome que llegase cerca del animal, y allí puesto, me dijo:

— Lázaro, llega el oído a este toro y oirás gran ruido dentro de él.

---

[6] A edição *Ve* insere aqui um título que faltou nas edições de 1554: "Assiento de Lázaro con el ciego".

que já servia para buscar vinho e vela para os hóspedes e fazer tudo mais que mandassem.

Por essa época, hospedou-se na estalagem um cego que, considerando que eu poderia servir-lhe de guia, pediu-me a minha mãe. Ela, então, confiou-me ao dito cego, afirmando que eu era filho de um bom homem, que tinha morrido ao defender a fé na batalha de Gelves, e que ela acreditava, por Deus, que eu não sairia pior homem que meu pai.[22] Em seguida, pediu-lhe que me tratasse bem e olhasse por mim, pois era órfão. Ele prometeu que assim o faria e que não me receberia como criado, mas como filho. E assim comecei a servir e guiar ao meu novo e velho amo.

Tendo ficado em Salamanca por alguns dias e, parecendo a meu amo que o ganho não estava a seu contento, decidiu ir embora dali. Antes de partir fui ver minha mãe e, ambos chorando, ela deu-me sua bênção e disse:

— Meu filho, sei que não o verei nunca mais. Procure ser bom e que Deus o guie. Eu criei você e o coloquei com um bom amo. Aprenda a valer-se por si mesmo.

E assim fui para junto do meu amo, que me esperava.

Saímos de Salamanca e, ao chegar à ponte que tem em sua entrada um animal de pedra, cuja forma é semelhante à de um touro,[23] o cego mandou que eu me aproximasse do animal e disse-me:

— Lázaro, encoste o ouvido neste touro e ouvirá um grande ruído dentro dele.

---

[22] A frase não deixa de ser irônica, uma vez que, na realidade, o pai de Lázaro não fora nenhum herói, mas um ladrão que morreu no desterro.

[23] Ainda hoje é possível contemplar esse touro de pedra, em Salamanca, junto da ponte romana que dá acesso à cidade.

Yo simplemente llegué, creyendo ser ansí. Y como sintió que tenía la cabeza par de la piedra, afirmó recio la mano y diome una gran calabazada en el diablo del toro, que más de tres días me duró el dolor de la cornada. Y díjome:

— Necio, aprende, que el mozo del ciego un punto ha de saber más que el diablo.

Y rió mucho de la burla.

Pareciome que en aquel instante desperté de la simpleza en que, como niño, dormido estaba. Dije entre mí: "Verdad dice este, que me cumple avivar el ojo y avisar, pues solo soy, y pensar cómo me sepa valer".

Comenzamos nuestro camino y en muy pocos días me mostró jerigonza; y como me viese de buen ingenio, holgábase mucho y decía:

— Yo ni oro ni plata te lo puedo dar, mas avisos para vivir muchos te mostraré.

Y fue ansí que, después de Dios, este me dio la vida, y siendo ciego, me alumbró y adestró en la carrera de vivir.

Huelgo de contar a Vuestra Merced estas niñerías para mostrar cuánta virtud sea saber los hombres su-

Eu simplesmente encostei, acreditando que era verdade. Quando sentiu que eu tinha a cabeça bem junto da pedra, ele enrijeceu a mão e, com força, deu-me uma grande cabeçada no diabo do touro, deixando-me mais de três dias com a dor da chifrada. E disse-me:

— Ignorante! Aprenda que o guia do cego tem que saber um ponto mais que o diabo.

E riu muito da brincadeira.

Pareceu-me que naquele instante despertei da inocência em que, como criança, estava adormecido. Pensei lá no fundo: "O que ele diz é verdade. Devo abrir bem os olhos e ficar esperto, pois sou sozinho e tenho que aprender a cuidar de mim".[24]

Começamos nossa caminhada e, em poucos dias, ele ensinou-me seu linguajar. Como me visse bem inteligente, ficava muito alegre e dizia:

— Nem ouro nem prata posso lhe dar, mas conselhos para viver lhe darei muitos.

E foi assim que, depois de Deus, ele me deu a vida e, sendo cego, me iluminou e me ensinou a arte de viver.[25]

Folgo em contar a Vossa Mercê estas ninharias para

---

[24] A reflexão de Lázaro é fundamental como tomada de consciência da situação e como ponto de partida de uma mudança em suas ações. Daí em diante, irá se valer do único recurso que possui: a astúcia. Nos romances picarescos espanhóis clássicos, como *El Buscón* (1626), de Francisco de Quevedo, e *Guzmán de Alfarache* (1599-1604), de Mateo Alemán, é possível localizar momentos idênticos de conscientização do pícaro.

[25] O cego será, com efeito, o grande mestre de Lázaro. Cabe, no entanto, salientar que, paradoxalmente, na etapa final de sua história, Lázaro agirá como o pior dos cegos, que, segundo o ditado tradicional espanhol, é aquele que não quer enxergar-se.

bir siendo bajos, y dejarse bajar siendo altos, cuánto vicio.

Pues tornando al bueno de mi ciego y contando sus cosas, Vuestra Merced sepa que, desde que Dios crió el mundo, ninguno formó más astuto ni sagaz. En su oficio era un águila: ciento y tantas oraciones sabía de coro; un tono bajo, reposado y muy sonable, que hacía resonar la iglesia donde rezaba; un rostro humilde y devoto, que con muy buen continente ponía cuando rezaba, sin hacer gestos ni visajes con boca ni ojos como otros suelen hacer. Aliende desto, tenía otras mil formas y maneras para sacar el dinero. Decía saber oraciones para muchos y diversos efectos: para mujeres que no parían;[7] para las que estaban de parto; para las que eran mal casadas, que sus maridos las quisiesen bien. Echaba pronósticos a las preñadas: si traía hijo o hija. Pues, en caso de medicina, decía que Galeno no supo la mitad que él para muela, desmayos, males de madre. Finalmente, nadie le decía padecer alguna pasión, que luego no le decía: "haced esto, haréis estotro, coged tal yerba, tomad tal raíz". Con esto andábase todo el mundo tras él, especialmente mujeres, que cuanto les decía creían. Destas sacaba él grandes provechos con las artes que digo, y ganaba más en un mes que cien ciegos en un año.

Mas también quiero que sepa Vuestra Merced que, con todo lo que adquiría y tenía, jamás tan avariento y mezquino hombre no vi, tanto, que me mataba de hambre y así no me demediaba de lo nece-

---

[7] *parían*: no original, *parien*.

mostrar quanta virtude há em subir partindo de baixo, e quanto vício em rebaixar-se, estando no alto.

Voltando, pois, ao meu bom cego e contando seus feitos, saiba Vossa Mercê que, desde que Deus criou o mundo, ninguém Ele fez mais astuto e sagaz. Era uma águia em seu ofício: sabia de cor cento e tantas orações; rezava em um tom baixo, tão tranquilo e sonoro, que ressoava por toda a igreja onde estivesse. Assumia uma expressão humilde e devota quando rezava, sem fazer gestos nem movimentos com a boca e os olhos, como outros costumam fazer. Além disto, tinha outras mil maneiras de tirar dinheiro das pessoas. Dizia saber orações para os mais diversos fins: para mulheres que não pariam; para as que iam parir; para que os maridos das malcasadas as quisessem bem. Fazia prognósticos para as grávidas, dizendo se era menino ou menina. Em se tratando de remédios, dizia que Galeno não soube a metade do que sabia ele contra dor de dente, desmaios, males do útero. Finalmente, a quem se queixasse de padecer alguma paixão, ele logo recomendava: "faça isso ou aquilo, colha tal erva, tome tal raiz". Por isto, todo mundo andava atrás dele, especialmente as mulheres, que acreditavam em tudo o que dizia. Delas ele tirava grandes vantagens com as artes que conto, e ganhava mais em um mês do que cem cegos em um ano.

Mas saiba também Vossa Mercê que, com o muito que ganhava e tinha, nunca vi homem tão mesquinho e avarento, tanto que me matava de fome e não me dava nem metade da comida de que eu precisava. Digo a verdade, se

sario. Digo verdad, si con mi sotileza y buenas mañas no me supiera remediar, muchas veces me finara de hambre; mas, con todo su saber y aviso, le contaminaba de tal suerte que siempre, o las más veces, me cabía lo más y mejor. Para esto le hacía burlas endiabladas; de las cuales contaré algunas, aunque no todas a mi salvo.

Él traía el pan y todas las otras cosas en un fardel de lienzo que por la boca se cerraba con una argolla de hierro y su candado y llave; y al meter de las cosas y sacallas, era con tanta vigilancia y tan por contadero, que no bastara todo el mundo hacerle menos una migaja. Mas yo tomaba aquella lazeria que él me daba, la cual en menos de dos bocados era despachada. Después que cerraba el candado y se descuidaba pensando que yo estaba entendiendo en otras cosas, por un poco de costura que muchas veces del un lado del fardel descosía y tornaba a coser, sangraba el avariento fardel, sacando no por tasa pan, mas buenos pedazos, torreznos y longaniza. Y ansí buscaba conveniente tiempo para rehacer, no la chaza, sino la endiablada falta que el mal ciego me faltaba.

Todo lo que podía sisar y hurtar traía en medias blancas; y cuando le mandaban rezar y le daban blancas, como él carecía de vista, no había el que se la había dado amagado con ella, cuando yo la tenía lanzada en la boca y la media aparejada, que por presto que él echaba la mano ya iba de mi cambio aniquilada en la mitad del justo precio. Quejábaseme el mal

com minha esperteza e boas manhas não soubesse me remediar, teria muitas vezes morrido de fome. No entanto, apesar de seu saber e cuidados, eu o enrolava de tal modo que sempre, ou na maioria das vezes, tocava-me o maior e melhor quinhão. Para isso, pregava-lhe boas peças, das quais contarei algumas, ainda que nem sempre eu tenha saído ileso.

Trazia ele o pão e todas as outras coisas num farnel de pano, que fechava pela boca por meio de uma argola de ferro com cadeado e chave. Era tão vigilante ao colocar as coisas ali dentro e tirá-las, contando tudo tão minuciosamente, que ninguém conseguiria tomar-lhe sequer uma migalha. Eu comia aquela miséria que ele me dava em menos de duas bocadas. Depois que ele fechava o cadeado e se descuidava, pensando que eu estava distraído com outras coisas, eu descosturava o farnel por um dos lados, que depois voltava a costurar, e roubava não apenas pão, mas também bons pedaços de torresmo e linguiça. Dessa forma, aguardava a ocasião apropriada, não para repetir o feito, mas para aliviar o diabo da fome que o maldito cego me impunha.

Ele trazia tudo o que tirava e furtava em moedas de meia-branca;[26] e, quando o mandavam rezar e lhe davam uma branca inteira, como ele não enxergava, nem bem haviam acabado de lhe entregar a moeda, eu já a tinha metido na boca e substituído por outra de meia-branca. Assim, por mais rápido que ele estendesse a mão, a esmola já lhe chegava pela metade. O mau cego se queixava a mim, por-

---

[26] *Meia-branca*: no original, "media blanca", a moeda de menor valor das que circulavam no século XVI. Ver, no final deste volume, a tabela de equivalências das moedas cunhadas à época de Carlos I.

ciego, porque al tiento luego conocía y sentía que no era blanca entera, y decía:

— ¿Qué diablo es esto, que después que conmigo estás no me dan sino medias blancas, y de antes una blanca y un maravedí hartas veces me pagaban? En ti debe estar esta desdicha.

También él abreviaba el rezar y la mitad de la oración no acababa, porque me tenía mandado que, en yéndose el que la mandaba rezar, le tirase por cabo del capuz. Yo así lo hacía. Luego él tornaba a dar voces diciendo: "¿Mandan rezar tal y tal oración?", como suelen decir.

Usaba poner cabe sí un jarrillo de vino cuando comíamos; yo muy de presto le asía y daba un par de besos callados y tornábale a su lugar. Mas turome poco, que en los tragos conocía la falta, y por reservar su vino a salvo, nunca después desamparaba el jarro, antes lo tenía por el asa asido. Mas no había piedra imán que así no trajese a sí como yo con una paja larga de centeno que para aquel menester tenía hecha, la cual, metiéndola en la boca del jarro, chupando el vino lo dejaba a buenas noches. Mas, como fuese el traidor tan astuto, pienso que me sintió, y dende en adelante mudó propósito, y asentaba su jarro entre las piernas y atapábale con la mano, y ansí bebía seguro.

Yo, como estaba hecho al vino, moría por él, y viendo que aquel remedio de la paja no me aprovechaba ni valía, acordé en el suelo del jarro hacerle una fuentecilla y agujero sotil, y delicadamente con una muy delgada tortilla de cera taparlo, y al tiempo de

que pelo tato logo sentia que a moeda não era uma branca inteira, e dizia:

— Que diabo é isso? Desde que você está comigo só me dão moedas de meia-branca! Antes eu recebia, muitas vezes, moedas de uma branca e até de um maravedi.[27] O azar deve estar em você.

Ele também abreviava as rezas e não completava nem metade da oração, pois tinha mandado que, indo embora quem a encomendara, eu o puxasse pela ponta do capuz. Assim eu fazia. Logo ele voltava a gritar, dizendo: "Quem manda rezar tal ou qual oração?", como fazem os cegos.

Quando comíamos, tinha o costume de colocar perto de si um jarrinho de vinho que eu, muito rapidamente, pegava, aplicava dois silenciosos beijos e devolvia em seguida. Mas isto durou pouco, pois ao beber ele dava pela falta do vinho e, para tê-lo bem a salvo, já não voltava a desgrudar-se do jarro. Mas não havia ímã mais poderoso, que tanto para si puxasse, como eu com uma longa palha de centeio, especialmente adaptada para esse fim. Com ela metida pela boca do jarro, chupava o vinho e deixava o cego a ver navios. Mas, como o safado era esperto, penso que descobriu tudo porque, dali em diante, mudou a forma de agir, colocando o jarro entre suas pernas e tapando-o com as mãos; assim, bebia tranquilamente.

Eu, que já estava acostumado ao vinho, morria por ele e, vendo que o artifício da palha de centeio já não servia, decidi fazer no fundo do jarro um buraquinho muito discreto, que tapava delicadamente com uma fina camada de

---

[27] O maravedi, embora já não fosse cunhado, ainda circulava e era a unidade contábil no sistema monetário da Espanha dos Áustrias. Valia o dobro de uma branca e quatro vezes uma meia-branca.

comer, fingendo haber frío, entrábame entre las piernas del triste ciego a calentarme en la pobrecilla lumbre que teníamos; y al calor della luego derretida la cera, por ser muy poca, comenzaba la fuentecilla a destilarme en la boca; la cual yo de tal manera ponía que maldita la gota se perdía. Cuando el pobreto iba a beber, no hallaba nada; espantábase, maldecíase, daba al diablo el jarro y el vino, no sabiendo qué podía ser.

— *No diréis, tío, que os lo bebo yo* — *decía* —, *pues no le quitáis de la mano.*

Tantas vueltas y tientos dio al jarro, que halló la fuente y cayó en la burla; mas así lo disimuló como si no lo hubiera sentido. Y luego, otro día, teniendo yo rezumando mi jarro como solía, no pensando el daño que me estaba aparejado ni que el mal ciego me sentía, senteme como solía. Estando recibiendo aquellos dulces tragos, mi cara puesta hacia el cielo, un poco cerrados los ojos por mejor gustar el sabroso licuor, sintió el desesperado ciego que agora tenía tiempo de tomar de mí venganza, y con toda su fuerza alzando con dos manos aquel dulce y amargo jarro, le dejó caer sobre mi boca, ayudándose como digo con todo su poder. De manera que el pobre Lázaro, que de nada desto se guardaba, antes, como otras veces estaba descuidado y gozoso, verdaderamente me pareció que el cielo, con todo lo que en él hay, me había caído encima.

Fue tal el golpecillo, que me desatinó y sacó de sentido, y el jarrazo tan grande que los pedazos dél se me metieron por la cara, rompiéndomela por muchas

cera. Na hora de comer, fingindo sentir frio, metia-me entre as pernas do triste cego, para me aquecer junto ao pequeno fogo que tínhamos. O calor logo derretia a cera, que não era muita, e a fontezinha começava a destilar o vinho em minha boca, que eu abria de tal maneira que nenhuma gota se perdia. Quando o pobre ia beber, não encontrava nada; espantava-se, maldizia-se, praguejava contra o jarro e o vinho, sem entender o que acontecia.

— Não vá dizer que eu bebo o vinho, tio — dizia eu —, pois o senhor não tira a mão dele.

Tantas voltas deu no jarro, apalpando aqui e ali, que encontrou o buraco e descobriu a trapaça; mas dissimulou muito bem, fazendo de conta que não sabia de nada. No dia seguinte, estando eu disposto a beber meu vinho como sempre, sem sequer imaginar o castigo que o perverso cego estava preparando, sentei-me como de costume. Enquanto recebia aqueles doces tragos, o rosto voltado para o céu, os olhos um pouco fechados para melhor saborear o agradável licor, o desesperado cego sentiu que era hora da vingança. E, com toda a força que tinha, lançou com as duas mãos aquele doce e amargo jarro, fazendo-o cair, como digo, sobre a minha boca. Assim ao pobre Lázaro,[28] que nada disso esperava, ou melhor, que estava como de outras vezes descuidado e gozoso, pareceu-me verdadeiramente que caía sobre mim o céu e tudo o que nele há.

Tão forte foi a pancada, que fiquei tonto e perdi os sentidos. Tão grande foi o golpe, que o jarro espatifou-se e seus pedaços entraram no meu rosto, arrebentando-o em vários

---

[28] A crítica costuma entender que esta passagem momentânea do narrador para a terceira pessoa é uma forma intencional de enfatizar o estado de alienação em que o protagonista se encontrava.

partes, y me quebró[8] los dientes, sin los cuales hasta hoy día me quedé. Desde aquella hora quise mal al ciego, y aunque me quería y me regalaba y me curaba, bien vi que había holgado del cruel castigo. Lavome con vino las roturas que con los pedazos del jarro me había hecho, y sonriéndose decía: "¿Qué te parece, Lázaro? Lo que te enfermó te sana y da salud"; y otros donaires, que a mi gusto no lo eran.

Ya que estuve medio bueno de mi negra trepa y cardenales, considerando que a pocos golpes tales el cruel ciego ahorraría de mí, quise yo ahorrar dél, mas no lo hice tan presto por hacello más a mi salvo y provecho. Y aunque yo quisiera asentar mi corazón y perdonalle el jarrazo, no daba lugar el mal tratamiento que el mal ciego desde allí adelante me hacía, que sin causa ni razón me hería, dándome coxcorrones y repelándome. Y si alguno le decía por qué me trataba tan mal, luego contaba el cuento del jarro, diciendo:

— ¿Pensaréis que este mi mozo es algún inocente? Pues oíd si el demonio ensayara otra tal hazaña.

Santiguándose, los que lo oían decían:

— ¡Mirá, quién pensara de un mochacho tan pequeño tal ruindad!

Y reían mucho del artificio y decíanle:

— ¡Castigadlo, castigadlo! ¡Que de Dios lo habréis!

Y él, con aquello, nunca otra cosa hacía.

---

[8] *quebró*: no original, *quebra*.

pontos e quebrando-me os dentes, sem os quais até hoje estou. Desde aquele momento passei a odiar o maldoso cego e, apesar de que ele gostasse de mim, me agradasse e me curasse, bem vi que folgava com o cruel castigo. Lavou com vinho os ferimentos que os pedaços de jarro tinham causado e, sorrindo, dizia: "O que acha, Lázaro? O que causou sua doença também cura e dá saúde";[29] além de outros gracejos nos quais eu não via nenhuma graça.

Assim que estive meio curado de meu negro castigo e das minhas feridas, considerei que, com outros golpes como aquele, o cruel cego se livraria de mim e resolvi, antes, livrar-me eu dele. Mas não o fiz tão rapidamente, para estar mais seguro e aproveitar melhor. E, mesmo que eu quisesse abrandar meu coração e perdoar-lhe a pancada com o jarro, não o permitiam os maus-tratos que passei a receber do maldito cego desde então. Sem nenhum motivo ele me machucava, me dava cascudos e me puxava os cabelos. Se alguém lhe chamava a atenção por me tratar tão mal, logo contava a história do vinho, dizendo:

— Pensam que este rapaz é algum santo? Saibam que o próprio demônio não seria capaz de cometer tantos desatinos quanto ele.

Fazendo o sinal da cruz, os que o escutavam diziam:

— Vejam só! Quem iria imaginar que um rapaz tão jovem pudesse ser tão ruim?

E rindo muito das minhas manhas, diziam:

— Há que castigá-lo! Há que castigá-lo! Deus o recompensará!

E ele, com tanto estímulo, não fazia outra coisa.

---

[29] É interessante levar em conta o papel do vinho como um dos principais motivos estruturadores da narrativa.

Y en esto, yo siempre le llevaba por los peores caminos, y adrede, por le hacer mal y daño; si había piedras, por ellas; si lodo, por lo más alto; que, aunque yo no iba por lo más enjuto, holgábame a mí de quebrar un ojo por quebrar dos al que ninguno tenía. Con esto, siempre con el cabo alto del tiento me atentaba el colodrillo, el cual siempre traía lleno de tolondrones y pelado de sus manos. Y aunque yo juraba no lo hacer por malicia sino por hallar mejor camino, no me aprovechaba ni me creía, mas tal era el sentido y el grandísimo entendimiento del traidor.

Y por que vea Vuestra Merced a cuánto se estendía el ingenio deste astuto ciego, contaré un caso de muchos que con él me acaecieron, en el cual me parece dio bien a entender su gran astucia. Cuando salimos de Salamanca, su motivo fue venir a tierra de Toledo, porque decía ser la gente más rica, aunque no muy limosnera; arrimábase a este refrán: "Más da el duro que el desnudo". Y vinimos a este camino por los mejores lugares. Donde hallaba buena acogida y ganancia, deteníamonos; donde no, a tercero día hacíamos Sant Juan.

Acaeció que, llegando a un lugar que llaman Almorox al tiempo que cogían las uvas, un vendimiador le dio un racimo dellas en limosna; y como suelen ir los cestos maltratados y también porque la uva en aquel tiempo está muy madura, desgranábasele el racimo en la mano; para echarlo en el fardel, tornábase mosto, y lo que a él se llegaba. Acordó de ha-

Então, de propósito, eu sempre o levava pelos piores caminhos, só para fazer-lhe mal e causar dano. Se havia pedras, ia por elas; se havia lodo, ia pela parte mais funda. E, mesmo que eu não andasse pelo mais seco, não me importava furar um olho pelo prazer de furar os dois de quem não tinha nenhum. Por isso, ele sempre batia com o cabo do bastão na minha nuca, que estava sempre cheia de galos e pelada por suas mãos. Ainda que eu jurasse não fazer aquilo por maldade, mas para encontrar os melhores caminhos, ele não me ouvia nem me levava a sério, tal era o tino e a grandíssima esperteza do traidor.

E para que veja Vossa Mercê a que ponto chegava a engenhosidade do astuto cego, contarei um caso, dos muitos que com ele me ocorreram, no qual, parece-me, ele mostrou muito bem sua grande astúcia. Quando saímos de Salamanca, seu propósito era vir às terras de Toledo, porque dizia que a gente era mais rica, embora pouco disposta a dar esmolas. Guiava-se pelo antigo provérbio: "Mais dá o rico de coração duro que o pobre de coração mole". E para cá nos dirigimos pelos melhores caminhos. Onde encontrávamos boa acolhida e fartura, parávamos; onde não, já no terceiro dia, batíamos em retirada.

Aconteceu que, ao chegarmos a um lugar chamado Almorox[30] na época da colheita das uvas, um vindimador deu-lhe um cacho delas como esmola. Como os cestos geralmente são maltratados e também porque a uva naquela época já estava muito madura, o cacho se desmanchava nas suas mãos e, se o colocasse no farnel, viraria suco e poderia sujar outras coisas. Decidiu, então, fazer um banquete,

---

[30] A caminho da cidade de Toledo, o cego e Lázaro chegam a este povoado localizado já na atual província de Toledo.

cer un banquete, ansí por no lo poder llevar como por contentarme, que aquel día me había dado muchos rodillazos y golpes. Sentámonos en un valladar y dijo:

— Agora quiero yo usar contigo de una liberalidad, y es que ambos comamos este racimo de uvas y que hayas dél tanta parte como yo. Partillo hemos desta manera: tú picarás una vez y yo otra, con tal que me prometas no tomar cada vez más de una uva. Yo haré lo mismo hasta que lo acabemos, y desta suerte, no habrá engaño.

Hecho ansí el concierto, comenzamos; mas luego al segundo lance, el traidor mudó propósito y comenzó a tomar de dos en dos, considerando que yo debría hacer lo mismo. Como vi que él quebraba la postura, no me contenté ir a la par con él; mas aún pasaba adelante: dos a dos y tres a tres, y como podía las comía. Acabado el racimo, estuvo un poco con el escobajo en la mano, y meneando la cabeza dijo:

— Lázaro, engañado me has. Juraré yo a Dios[9] que has tú comido las uvas tres a tres.

— No comí — dije yo —; mas ¿por qué sospecháis eso?

Respondió el sagacísimo ciego:

— ¿Sabes en qué veo que las comiste tres a tres? En que comía yo dos a dos y callabas.[10]

---

[9] *Ve* suprime "a Dios".

[10] Neste ponto, a edição de Alcalá (1554) acrescenta o seguinte fragmento: "A lo cual yo no respondí. Yendo que íbamos ansí por debajo de unos soportales, en Escalona, adonde a la sazón estábamos en casa de un zapatero, había muchas sogas y otras cosas que de esparto se hacen, y parte dellas dieron a mi amo en la cabeza. El cual,

tanto por não conseguir carregar o dito cacho, como também para me contentar um pouco, pois naquele dia tinha me dado muitas joelhadas e pancadas. Sentamo-nos em um valado e ele disse:

— Agora eu quero ter com você uma liberalidade: vamos comer juntos este cacho de uvas, e que seja em partes iguais. Vamos reparti-lo da seguinte maneira: você pegará uma e eu outra, desde que me prometa pegar apenas uma uva de cada vez. Eu farei o mesmo até acabarmos com ele e, deste modo, não haverá engano.

Feito o trato, começamos; mas, logo no segundo lance, o traidor mudou o acordo e começou a pegar as uvas de duas em duas, pensando que eu devia estar fazendo o mesmo. Como vi que ele quebrava a promessa, não me contentei em ir a par com ele, passando-lhe adiante: de duas em duas, de três em três, abocanhava as uvas como podia. Acabado o cacho, ele ainda segurou por um momento o talo vazio e, balançando a cabeça, disse:

— Lázaro, você me enganou. Juraria por Deus que comeu as uvas de três em três.

— Não comi — disse eu —, mas por que o senhor suspeita disso?

Respondeu o espertíssimo cego:

— Sabe por que sei que você comeu as uvas de três em três? Porque eu as comia de duas em duas e você não reclamou.[31]

---

[31] Neste ponto, a edição de Alcalá (1554) acrescenta o seguinte fragmento: "Ao que nada respondi. Como íamos caminhando sob umas arcadas que há em Escalona, onde na ocasião nos hospedávamos na casa de um sapateiro, e havia por ali, dependuradas, muitas cordas e coisas que se fazem com as fibras do esparto, algumas delas golpearam a cabeça de meu amo. Este, levan-

Reíme entre mí, y aunque mochacho, noté mucho la discreta consideración del ciego.

Mas, por no ser prolijo, dejo de contar muchas cosas, así graciosas como de notar, que con este mi primer amo me acaecieron, y quiero decir el despidiente, y con él, acabar.

---

alzando la mano, tocó en ellas y, viendo lo que era, díjome: 'Anda presto, mochacho, salgamos de entre tan mal manjar, que ahoga sin comerlo'. Yo, que bien descuidado iba de aquello, miré lo que era y, como no vi sino sogas y cinchas, que no era cosa de comer, díjele: 'Tío ¿por qué decís eso?'. Respondiome: 'Calla, sobrino. Según las mañas que llevas, lo sabrás y verás cómo digo verdad'. Y ansí pasamos adelante por el mismo portal y llegamos a un mesón, a la puerta del cual había muchos cuernos en la pared, donde ataban los recueros sus bestias y, como iba tentando si era allí el mesón donde él rezaba cada día por la mesonera la oración de la emparedada, asió de un cuerno, y con gran suspiro dijo: '¡Oh, mala cosa, peor que tienes la hechura! ¡De cuántos eres deseado poner tu nombre sobre cabeza ajena y de cuán pocos tenerte ni aun oír tu nombre por ninguna vía!'. Como le oí lo que decía, dije: 'Tío, ¿qué es eso que decís?'. 'Calla, sobrino, que algún día te dará este que en la mano tengo alguna mala comida y cena.' 'No le comeré yo', dije, 'y no me la dará.' 'Yo te digo verdad; si no, verlo has, si vives.' Y ansí pasamos adelante, hasta la puerta del mesón, adonde pluguiere a Dios nunca allá llegáramos, según lo que me suscedía en él. Era todo lo más que rezaba por mesoneras, y por bodegoneras y turroneras y rameras, y ansí por semejantes mujercillas, que por hombre casi nunca le vi decir oración".

Ri comigo mesmo e, embora jovem, notei bem a sutil dedução do cego.

Entretanto, para não ser prolixo, deixo de contar aqui muitas coisas, tanto engraçadas como dignas de nota, que com esse meu primeiro amo me aconteceram.[32] Quero relatar a despedida e acabar com este assunto.

---

tando as mãos, tocou-as e, ao perceber o que era, disse-me: 'Ande depressa, rapaz. Fujamos desta comida tão ruim, que faz mal ainda que não a comamos'. Eu, que ia bem desligado de tudo aquilo, olhei para ver o que era e, como não visse senão cordas e cinchas, que não eram coisas de comer, perguntei-lhe: 'Tio, por que o senhor diz isso?'. E ele respondeu: 'Cale a boca, sobrinho. Com a esperteza que tem, logo vai entender e saberá que digo a verdade'. Seguimos adiante pelas mesmas arcadas e chegamos a uma taberna em cuja entrada havia muitos chifres presos à parede, onde os arrieiros amarravam seus animais. Como ele fosse tateando para ver se era ali mesmo a dita taberna onde todos os dias costumava rezar para a taberneira a oração da emparedada, agarrou um chifre e exclamou, com um grande suspiro: 'Oh, coisa ruim! E pior é o seu feitio! Quantos desejam colocá-lo sobre a cabeça alheia e quão poucos desejam tê-lo e sequer ouvir o seu nome!'. Como escutei algo do que dizia, perguntei: 'Tio, o que é que o senhor está dizendo?'. 'Cale-se, meu sobrinho, que isto que tenho nas mãos algum dia ainda lhe dará almoço ruim e pior jantar.' 'Pois eu não comerei', respondi, 'e ninguém me dará tal comida.' 'O que eu digo é verdade. Se você viver, verá.' Desse modo, seguimos adiante até a porta da taberna, lugar aonde quisera Deus que nunca tivéssemos chegado, pelo que ali me aconteceu. A maior parte das orações que meu amo fazia era para taberneiras, estalajadeiras, rameiras e outras mulherzinhas dessa laia, porque, para homem, quase nunca o vi dizer qualquer oração". O acréscimo da edição de Alcalá reforça a unidade estrutural da narrativa, pois aí aparecem dois vaticínios do cego relativos à situação final de Lázaro. Cabe mencionar também que, curiosamente, a "Oração da emparedada" (em português) foi um dos textos encontrados em Barcarrota, junto com o exemplar da edição de *Lazarillo de Tormes* feita em Medina del Campo, que ora transcrevemos.

[32] Fica claro aqui que um critério de seleção preside à organização de toda a narrativa de Lázaro: ele narra os fatos que melhor se prestam ao seu propósito de explicar o "caso" ampliado que é a sua vida.

Estábamos en Escalona, villa del duque della, en mesón, y diome un pedazo de longaniza que le asase. Ya que la longaniza había pringado y comídose las pringadas, sacó un maravedí de la bolsa y mandó que fuese por el vino a la taberna. Púsome el demonio el aparejo delante de los ojos, el cual, como suelen decir, hace al ladrón, y fue que había cabe el fuego un nabo pequeño, larguillo y ruinoso y tal que, por no ser para la olla, debió ser echado allí. Y como al presente nadie estuviese sino él y yo solos, como me vi con apetito goloso, habiéndome puesto dentro[11] el sabroso olor de la longaniza, del cual solamente sabía que había de gozar, no mirando qué me podría suceder, pospuesto todo el temor por cumplir con el deseo, en tanto que el ciego sacaba de la bolsa el dinero, saqué la longaniza y muy presto metí el sobredicho nabo en el asador; el cual mi amo, dándome el dinero para el vino, tomó y comenzó a dar vueltas al fuego, queriendo asar al que de ser cocido, por sus deméritos, había escapado.

Yo fui por el vino, con el cual no tardé en despachar la longaniza, y cuando vine, hallé al pecador del ciego que tenía entre dos rebanadas apertado el nabo, al cual aún no había conocido por no lo haber tentado

---

[11] *Ve* diz "dentera" (= "vontade") no lugar de "dentro", o que seria mais adequado.

Estávamos em Escalona, vila do duque de mesmo nome,[33] em uma hospedaria, e deu-me ele um pedaço de linguiça para assar. Depois de comer com pão a gordura que pingara da linguiça, tirou da bolsa um maravedi e mandou-me à taberna comprar vinho. Mostrou-me o demônio a ocasião, a qual, como dizem, faz o ladrão. É que havia perto do fogo um nabo pequeno, comprido e meio podre, que, por não prestar para a panela, fora jogado ali. Como no momento não houvesse mais ninguém por perto, além de nós dois, e sentindo um grande apetite, por causa do saboroso cheiro da linguiça, sabedor que dela apenas o cheiro me caberia, sem atentar para as consequências, vencendo o medo pela força do desejo, enquanto o cego tirava o dinheiro da bolsa, peguei a linguiça e depressa meti o dito nabo no espeto, o qual meu amo, tendo me dado o dinheiro para o vinho, tomou e começou a dar voltas no fogo, querendo assar aquilo que, por não prestar, havia escapado do cozido.

Fui buscar o vinho e aproveitei para despachar a linguiça. Quando voltei, encontrei o pecador do cego apertando o nabo entre duas fatias de pão, sem perceber que não era linguiça por não tê-lo tocado com as mãos. Quando

---

[33] Escalona fica ao sul de Almorox. Lázaro aponta sua categoria de sede de um ducado. Surpreende a menção a uma personagem histórica, coisa rara na narrativa. O duque de Escalona fora, até morrer em 1529, dom Diego López Pacheco. Manuel J. Asensio (*apud* Francisco Rico, "Introducción" a *Lazarillo de Tormes*, 1988: 38) sustenta que a alusão não é gratuita: o duque teria reunido à sua volta uma comunidade de "iluminados", dentre os quais Juan de Valdés, erasmista, considerado por alguns o possível autor do romance. Não deixa de surpreender, também, o maior detalhamento geográfico com relação aos povoados situados nas terras do mencionado duque: Almorox, Escalona, Torrijos e Maqueda.

con la mano. Como tomase las rebanadas y mordiese en ellas, pensando también llevar parte de la longaniza, hallose en frío con el frío nabo. Alterose y dijo:

— ¿Qué es esto, Lazarillo?

— ¡Lacerado de mí! — dije yo — ¿Si queréis a mí echar algo? ¿Yo no vengo de traer el vino? Alguno estaba ahí y por burlar haría esto.

— No, no — dijo él —, que yo no he dejado el asador de la mano; no es posible.

Yo torné a jurar y perjurar que estaba libre de aquel trueco y cambio; mas poco me aprovechó, pues a las astucias del maldito ciego nada se le escondía. Levantose y asiome por la cabeza y llegose a olerme; y como debió sentir el huelgo, a uso de buen podenco, por mejor satisfacerse de la verdad y con la gran agonía que llevaba, asiéndome con las manos, abríame la boca más de su derecho y desatentadamente metía la nariz, la cual él tenía luenga y afilada, y aquella sazón, con el enojo, se había aumentado un palmo; con el pico de la cual me llegó a la gulilla. Con esto y con el gran miedo que tenía, y con la brevedad del tiempo, la negra longaniza aún no había hecho asiento en el estómago, y lo más principal, con el destiento de la cumplidísima nariz medio cuasi ahogándome, todas estas cosas se juntaron y fueron causa que el hecho y golosina se manifestase y lo suyo fuese vuelto a su dueño. De manera que, antes que el mal ciego sacase de mi boca su trompa, tal alteración sintió mi estómago,

pegou as fatias de pão e as mordeu, pensando que também pegaria parte da linguiça, gelou ao topar com o frio nabo. Alterou-se e disse:

— O que é isto, Lazarilho?[34]

— Desgraçado de mim! — exclamei. — O senhor já quer me jogar a culpa? Eu não fui comprar o vinho? Alguém que estava por aqui, por brincadeira, deve ter feito isso.

— Não, não — disse ele —, porque eu não soltei o espeto todo o tempo. Não é possível.

Eu tornei a jurar e perjurar que nada tinha a ver com aquele truque e troca, mas pouco adiantou, pois à astúcia do maldito cego nada escapava. Levantou-se, agarrou-me pela cabeça e veio me cheirar. Como deve ter sentido o cheiro, qual um cão de faro fino, para melhor certificar-se da verdade, desesperado como estava, agarrando-me com as mãos, abria-me a boca à força e nela enfiava o nariz, que era longo e afilado e naquele momento, com a raiva, havia aumentado bem um palmo, sua ponta chegando até a minha goela. Com isso, mais o medo que eu sentia e a rapidez dos acontecimentos, a maldita linguiça ainda não estava totalmente assentada em meu estômago, principalmente por causa da violência daquele nariz longuíssimo que quase me sufocava. Todas estas coisas se juntaram e foram a causa de que o feito e a guloseima se manifestassem e a linguiça fosse devolvida ao seu dono. De maneira que, antes que o maldito cego tivesse tirado a tromba da

---

[34] É esta a única oportunidade em que a personagem é designada pelo diminutivo que prevaleceria na designação do romance. Com isso, prevaleceria também a ideia da ingenuidade que, se pode ser atribuída a Lázaro em sua passiva infância, está longe de qualificar Lázaro adulto, o narrador do texto.

que le dio con el hurto en ella, de suerte que su nariz y la negra mal maxcada longaniza a un tiempo salieron de mi boca.

¡Oh gran Dios, quién estuviera aquella hora sepultado, que muerto ya lo estaba! Fue tal el coraje del perverso ciego que, si al ruido no acudieran, pienso que no me dejara con la vida. Sacáronme dentre sus manos, dejándoselas llenas de aquellos pocos cabellos que tenía, arañada la cara y rascuñado el pescuezo y la garganta. Y esto bien lo merecía, pues por su maldad me venían tantas persecuciones.

Contaba el mal ciego a todos cuantos allí se allegaban mis desastres, y dábales cuenta una y otra vez, así de la del jarro como de la del racimo, y agora de lo presente. Era la risa de todos tan grande, que toda la gente que por la calle pasaba entraba a ver la fiesta; mas con tanta gracia y donaire contaba el ciego mis hazañas que, aunque yo estaba tan maltratado y llorando, me parecía que hacía sinjusticia en no se las reír.

Y en cuanto esto pasaba, a la memoria me vino una flojedad que hice, por que[12] me maldecía, y fue no dejalle sin narices, pues tan buen tiempo tuve para ello, que la mitad del camino estaba andado; que con solo apretar los dientes se me quedaran en casa, y con ser de aquel malvado, por ventura lo retuviera mejor mi estómago que retuvo la longaniza, y no pareciendo ellas, pudiera negar la demanda. Pluguiera a Dios que lo hubiera hecho, que eso fuera así que así.

---

[12] *por que*: no original, *porque*. Entendemos que se deve preservar o relativo para a correta compreensão do texto.

minha boca, tal alteração sentiu meu estômago, que logo lhe devolveu o furto, de sorte que o seu nariz e a mal comida linguiça saíram da minha boca a um só tempo.

Oh, grandíssimo Deus! Quisera eu estar àquelas horas sepultado, pois morto já estava. Foi tão grande a fúria do perverso cego que, se com o barulho não tivessem acudido, creio que não me teria deixado com vida. Tiraram-me de suas garras, deixando-as cheias daqueles parcos cabelos que eu tinha, meu rosto arranhado e feridos o pescoço e a garganta. Esta bem que o merecia, pois, por suas maldades, caíam sobre mim tantas perseguições.[35]

Contava o malvado cego as minhas desgraças a todos os que se aproximavam, e repetia, mais de uma vez, tanto a história do jarro e do cacho de uvas como, agora, esta última. As risadas eram tão grandes entre os presentes, que todas as pessoas que pela rua passavam entravam para ver a farra. E ele contava com tanta graça e galhardia as minhas façanhas que, embora eu estivesse tão maltratado e chorando, parecia-me injusto não rir também.

Enquanto isso acontecia, veio-me à lembrança a minha fraqueza. Maldizia-me por não tê-lo deixado sem nariz, pois tivera tempo bastante para isso, porque meio caminho já havia andado; bastava apenas apertar os dentes para tê-lo em casa e, sendo o nariz daquele malvado, talvez assentasse melhor em meu estômago que a linguiça e, sem vomitar, eu pudesse negar a acusação. Quisera Deus que eu o tivesse feito, porque, para mim, teria sido a mesma coisa.

---

[35] A garganta é outro dos motivos estruturadores da narrativa de Lázaro.

Hiciéronnos amigos la mesonera y los que allí estaban, y con el vino que para beber le había traído laváronme la cara y la garganta; sobre lo cual discantaba el mal ciego donaires, diciendo:

— Por verdad, más vino me gasta este mozo en lavatorios al cabo del año que yo bebo en dos. A lo menos, Lázaro, eres en más cargo al vino que a tu padre, porque él una vez te engendró, mas el vino mil te ha dado la vida.

Y luego contaba cuántas veces me había descalabrado y arpado la cara y con vino luego sanaba.

— Yo te digo — dijo — que, si hombre en el mundo ha de ser bienaventurado con vino, que serás tú.

Y reían mucho los que me lavaban, con esto, aunque yo renegaba. Mas el pronóstico del ciego no salió mentiroso, y después acá muchas veces me acuerdo de aquel hombre, que sin duda había de tener espíritu de profecía, y me pesa de los sinsabores que le hice — aunque bien se lo pagué —, considerando lo que aquel día me dijo salirme tan verdadero, como adelante Vuestra Merced oirá.

Visto esto y las malas burlas que el ciego burlaba de mí, determiné de todo en todo dejalle, y como lo traía pensado y lo tenía en voluntad, con este postrer juego que me hizo afirmelo más. Y fue ansí, que luego otro día salimos por la villa a pedir limosna, y había llovido mucho la noche antes; y porque el día también llovía, y andaba rezando debajo de unos portales que en aquel pueblo había, donde no nos mojamos, mas como la noche se venía y el llover no cesaba, díjome el ciego:

A hospedeira e os que por ali estavam nos reconciliaram e, com o vinho que eu havia trazido para que ele bebesse, lavaram-me o rosto e a garganta. Sobre isto fazia graça o maldoso cego, dizendo:

— Na verdade, mais vinho gasta este rapaz em lavagens ao cabo de um ano, do que eu bebo em dois. Pelo menos, Lázaro, você deve mais ao vinho do que ao seu pai, porque ele gerou você uma só vez, e o vinho mil vezes lhe deu a vida.

E contava quantas vezes tinha me escalavrado e arranhado o rosto e depois curado com vinho.

— Eu lhe digo — disse — que, se algum homem no mundo há de ser bem-aventurado com o vinho, esse homem será você.

Muito riam com isso os que me lavavam, embora eu o renegasse. No entanto, o prognóstico do cego não foi mentiroso.[36] Agora, muito tempo depois, às vezes eu me lembro daquele homem que, sem dúvida, devia ter o dom da profecia e pesam-me os dissabores que lhe causei — embora os tenha pagado caro — ao considerar quão verdadeiras se mostraram as coisas que ele disse naquele dia, como mais adiante Vossa Mercê ouvirá.

Por tudo isso e pelas maldosas brincadeiras que o cego fazia comigo, decidi abandoná-lo de vez. Como eu já tinha pensado no assunto e desejava fazê-lo, esses últimos acontecimentos apenas me fizeram tomar a decisão definitiva. E assim foi que, logo no dia seguinte, saímos pela vila a pedir esmolas. Havia chovido muito a noite inteira e continuava chovendo durante o dia. Para não nos molharmos,

---

[36] O vinho aparece agora confirmado como um dos motivos estruturadores da narrativa.

— Lázaro, esta agua es muy porfiada, y cuanto la noche más cierra más recia. Acojámonos a la posada con tiempo.

Para ir allá habíamos de pasar un arroyo que, con la mucha agua, iba grande. Yo le dije:

— Tío, el arroyo va muy ancho; mas, si queréis, yo veo por dónde travesemos más aína sin nos mojar, porque se estrecha allí mucho y saltando pasaremos a pie enjuto.

Pareciole buen consejo y dijo:

— Discreto eres, por esto te quiero bien. Llévame a ese lugar donde el arroyo se ensangosta; que agora es invierno y sabe mal el agua, y más llevar los pies mojados.

Yo que vi el aparejo a mi deseo, saquele debajo de los portales y llevélo derecho de un pilar o poste de piedra que en la plaza estaba, sobre el cual y sobre otros cargaban saledizos de aquellas casas, y díjele:

— Tío, este es el paso más angosto que en el arroyo hay.

Como llovía recio y el triste se mojaba y con la priesa que llevábamos de salir del agua que encima nos caía, y lo más principal, porque Dios le cegó aquella hora el entendimiento (fue por darme dél venganza), creyose de mí y dijo:

— Ponme bien derecho y salta tú el arroyo.

Yo le puse bien derecho en frente del pilar; y doy un salto y póngome detrás del poste, como quien espera tope de toro, y díjele:

— ¡Sus! Saltá todo lo que podáis, por que deis deste cabo del agua.

o cego rezava debaixo de umas arcadas que naquele povoado havia. Como se aproximasse a noite e a chuva não parasse, o cego me disse:

— Lázaro, essa chuva é insistente, e quanto mais a noite avança, mais forte ela fica. Recolhamo-nos à pousada enquanto é cedo.

Para chegar lá, tínhamos que cruzar um arroio que, com a chuva, estava bastante cheio. Eu lhe disse:

— Tio, o arroio está muito cheio, mas, se o senhor quiser, eu procuro um lugar por onde possamos atravessar sem nos molharmos, pois ali à frente ele fica mais estreito e poderemos saltá-lo sem problemas.

Pareceu-lhe um bom conselho e disse:

— Você é prudente e por isso lhe quero bem. Leve-me a esse lugar onde o arroio se estreita, porque no inverno a água faz mal e mais ainda andar com os pés molhados.

Vendo que era o momento de satisfazer meu desejo de vingança, tirei-o de debaixo das arcadas e levei-o diretamente a um dos pilares ou postes de pedra que havia na praça, sobre os quais apoiavam-se as sacadas daquelas casas, e lhe disse:

— Tio, esta é a passagem mais estreita que há no arroio.

Como chovia forte e o infeliz se molhava, e com a pressa que tínhamos de escapar do aguaceiro que sobre nós caía, mas principalmente porque Deus, para dar-me a vingança, naquela hora cegou-lhe o entendimento, ele acreditou em mim e disse:

— Ponha-me no lugar exato e pule você o arroio.

Eu o posicionei bem diante do pilar; dei um salto, protegi-me atrás do poste, como quem espera a investida de um touro, e gritei:

Aun apenas lo había acabado de decir, cuando se abalanza el pobre ciego como cabrón y de toda su fuerza arremete, tomando un paso atrás de la corrida para hacer mayor salto, y da con la cabeza en el poste, que sonó tan recio como si diera con una gran calabaza; y cayó luego para atrás medio muerto y hendida la cabeza.

— ¿Cómo, y olistes la longaniza y no el poste? ¡Olé! ¡Olé! — le dije yo.

Y déjole en poder de mucha gente que lo había ido a socorrer, y tomo la puerta de la villa en los pies de un trote, y antes que la noche viniese, di conmigo en Torrijos. No supe más de lo que Dios dél hizo ni curé de lo saber.

TRATADO SEGUNDO
Cómo Lázaro se asentó con un clérigo, y de las cosas que con él pasó

Otro día, no pareciéndome estar allí seguro, fuime a un lugar que llaman Maqueda, adonde me toparon mis pecados con un clérigo que, llegando a pedir limosna, me preguntó si sabía ayudar a misa. Yo dije que sí, como era verdad, que aunque maltratado, mil cosas buenas me mostró el pecador del ciego, y una de ellas fue esta. Finalmente, el clérigo me recibió por suyo.

— Agora! Salte tudo o que puder, para alcançar o lado de cá.

Nem bem havia acabado de falar, balançou-se o pobre cego como um bode e, com toda sua força,[37] dando um passo atrás para ter mais impulso, avançou. Deu com a cabeça no poste, que soou tão forte como se fosse uma imensa abóbora, e caiu para trás meio morto, com a cabeça rachada.

— Como? Cheirou a linguiça e o poste não? Olé! Olé! — exclamei.

Deixei-o em poder de muita gente que tinha ido socorrê-lo, corri até a porta da vila e, antes que a noite caísse, encontrei-me em Torrijos.[38] Não soube mais o que Deus fez dele e nem procurei saber.

TRATADO SEGUNDO
De como Lázaro se assentou com um clérigo e das coisas que lhe aconteceram

No dia seguinte, não me parecendo estar seguro ali, fui para um lugar que chamam de Maqueda, onde meus pecados me fizeram topar com um clérigo que, tendo eu me aproximado para lhe pedir esmolas, perguntou-me se sabia ajudar na missa. Eu lhe disse que sim, o que era verdade, pois, mesmo me maltratando, mil coisas boas ensinou-me o cego e uma delas foi essa. Finalmente, o clérigo admitiu-me a seu serviço.

---

[37] No original, "de toda su fuerza": fórmula tomada dos livros de cavalaria, o que comprovaria a intenção paródica do autor.

[38] Lázaro foge de Escalona até Torrijos, que fica 24 quilômetros ao sul, na direção de Toledo. Logo depois, dirá que foi dali para Maqueda. Na verdade, estaria, assim, voltando na direção de Salamanca, já que Maqueda encontra-se a meio caminho entre Escalona e Torrijos.

Escapé del trueno y di en el relámpago, porque era el ciego para con este un Alejandre Magno, con ser la misma avaricia, como he contado. No digo más, sino que toda la lazeria del mundo estaba en este; no sé si de su cosecha era o lo había anexado con el hábito de clerecía.[13]

Él tenía un arcaz viejo y cerrado con su llave, la cual traía atada con un agujeta del paletoque, y en viniendo el bodigo de la iglesia, por su mano era luego allí lanzado y tornada a cerrar el arca. Y en toda la casa no había ninguna cosa de comer, como suele estar en otras algún tocino colgado al humero, algún queso puesto en alguna tabla o, en el armario, algún canastillo con algunos pedazos de pan que de la mesa sobran; que me parece a mí que, aunque dello no me aprovechara, con la vista dello me consolara.

Solamente había una horca de cebollas, y tras la llave, en una cámara en lo alto de la casa. Destas tenía yo de ración una para cada cuatro días, y cuando le pedía la llave para ir por ella, si alguno estaba presente, echaba mano al falsopecto y con gran continencia la desataba y me la daba diciendo:

— Toma y vuélvela luego, y no hagáis sino golosinar.

Como si debajo della estuvieran todas las conservas de Valencia, con no haber en dicha cámara, como dije, maldita la otra cosa que las cebollas colgadas de

---

[13] A frase "no sé si de su cosecha era o lo había anexado con el hábito de clerecía" foi suprimida pela censura, na edição *Ve*.

Escapei do trovão e topei com o relâmpago, porque, comparado com o clérigo, o cego parecia um Alexandre Magno, apesar de ser a avareza em forma de gente, conforme contei. Não digo mais nada, a não ser que toda a miséria do mundo nele se concentrava, não sei se por sua própria colheita ou por tê-la adquirido à força do hábito que usava.

Possuía ele uma velha arca, fechada à chave, a qual trazia atada a uma argola do capote. Tão logo chegava o pão das oferendas da igreja, ele o guardava na arca e tornava a fechá-la. Em toda a casa não havia coisa alguma para comer, como costuma haver em outras casas, seja um toucinho pendurado no fumeiro, algum queijo secando sobre uma tábua ou, no armário, um cestinho com pedaços de pão que sobram da mesa. Penso que, mesmo que não pudesse tocar nessas coisas, vê-las já seria suficiente para me consolar.

Havia apenas uma réstia de cebolas, fechada à chave, num cômodo no alto da casa. Destas, eu tinha como ração uma a cada quatro dias e quando lhe pedia a chave para ir pegá-la, se havia alguém presente, ele metia a mão num bolso escondido no meio de suas roupas, pegava-a com grande cerimônia e me entregava dizendo:

— Tome e traga-a de volta logo. E cuidado com a gula!

Era como se aquela chave guardasse todas as conservas de Valência, embora ali não houvesse, como já disse, nada mais que as malditas cebolas dependuradas em um

un clavo; las cuales él tenía tan bien[14] por cuenta que si por malos de mis pecados me desmandara a más de mi tasa, costara caro. Finalmente, yo me finaba de hambre.

Pues ya que comigo tenía poca caridad, consigo usaba más. Cinco blancas de carne era su ordinario para comer y cenar. Verdad es que partía comigo del caldo, que de la carne, ¡tan blanco el ojo!, sino un poco de pan, y ¡pluguiera a Dios que me demediara!

Los sábados cómense en esta tierra cabezas de carnero, y enviábame por una, que costaba tres maravedís. Aquella le cocía y comía los ojos y la lengua y el cogote y sesos y la carne que en las quijadas tenía, y dábame todos los huesos roídos. Y dábamelos en el plato, diciendo:

— ¡Toma, come, triunfa, que para ti es el mundo! ¡Mejor vida tienes que el Papa!

"¡Tal te la dé Dios!", decía yo paso entre mí.

A cabo de tres semanas que estuve con él, vine a tanta flaqueza que no me podía tener en las piernas de pura hambre. Vime claramente ir a la sepoltura, si Dios y mi saber no me remediaran. Para usar de mis mañas no tenía aparejo, por no tener en qué dalle salto; y aunque algo hubiera, no podiera cegalle, como[15] hacía al que Dios perdone, si de aquella calabazada feneció, que todavía, aunque astuto, con faltalle aquel

---

[14] *tan bien*: no original, *tambien*. Consideramos que se trata de um erro dos impressores, que corrigimos de acordo com as demais edições de 1554.

[15] *como*: no original, *coma*.

prego, as quais mantinha tão bem contadas que, se por mal de meus pecados eu abusasse da minha quota, pagaria muito caro. Assim, eu morria de fome.

No entanto, se comigo tinha pouca caridade, consigo tinha demasiada. Cinco brancas[39] em carne era seu gasto diário para almoçar e jantar. É bem verdade que ele repartia comigo um pouco do caldo, já que da carne eu ficava só com o desejo, e um pouco de pão que, quisera Deus, remediasse a minha fome!

Aos sábados, come-se nesta terra cabeça de carneiro, e ele mandava-me comprar uma, que lhe custava três maravedis. Eu a cozinhava e ele devorava os olhos, a língua, o pescoço, o miolo e as carnes das queixadas, passando-me, depois, os ossos roídos. Colocava-os num prato e dizia:

— Tome, coma e triunfe, que o mundo é todo seu. Você tem vida melhor que a do Papa.

"Que Deus lhe dê o mesmo", eu dizia para comigo.

Ao cabo de três semanas com ele, sentia uma fraqueza tão grande, que mal podia aguentar-me nas pernas de tanta fome. Vi claramente que ia para a sepultura, se Deus e minha sabedoria não me ajudassem. Não podia usar de minhas artimanhas, pois não havia nada em que passar a mão e, ainda que houvesse algo, não poderia cegá-lo, como fazia com o outro, que Deus perdoe se daquela cabeçada faleceu, que, embora fosse muito astuto, por faltar-lhe aquele precioso sentido, não me enxergava. Quanto a este, ao

---

[39] Ver, no final do volume, a tabela das moedas cunhadas no século XVI.

preciado sentido, no me sentía; mas estotro ninguno hay que tan aguda vista tuviese como él tenía. Cuando al ofertorio estábamos, ninguna blanca en la concha caía que no era dél registrada: el un ojo tenía en la gente y el otro en mis manos. Bailábanle los ojos en el caxco, como si fueran de azogue; cuantas blancas ofrecían tenía por cuenta, y acabado el ofrecer, luego me quitaba la concheta[16] *y la ponía sobre el altar.*

No era yo señor de asirle una blanca todo el tiempo que con él viví o, por mejor decir, morí. De la taberna nunca le traje una blanca de vino, mas aquel poco que de la ofrenda había metido en su arcaz compasaba de tal forma que le turaba toda la semana. Y por ocultar su gran mezquindad, decíame:

— Mira, mozo, los sacerdotes han de ser muy templados en su comer y beber y por esto yo no me desmando como otros.

Mas el lacerado mentía falsamente, porque en cofradías y mortuorios que rezamos, a costa ajena comía como lobo y bebía más que un saludador. Y porque dije de mortuorios, Dios me perdone, que jamás fui enemigo de la naturaleza humana sino entonces; y esto era porque comíamos bien y me hartaban: deseaba y aún rogaba a Dios que cada día matase el suyo. Y cuando dábamos sacramento a los enfermos, especialmente la extremaunción, como manda el clé-

---

[16] *concheta*: no original *corneta*, coincidindo com *Bu*. Preferimos a forma *concheta*, registrada em *An* e em *Ve* (*Al* diz *concha*), como um italianismo (da mesma forma que *pobreto*, antes, e *camareta*, mais abaixo), seguindo nisso os argumentos de Rico em sua edição do romance.

contrário, ninguém tinha vista mais aguda. Quando estávamos no ofertório, não caía uma branca na bandeja de oferendas que ele não contasse: tinha um olho nas pessoas e outro em minhas mãos. Seus olhos dançavam nas órbitas como se fossem de azougue. Registrava quantas brancas ofereciam e, nem bem terminava o ofertório, tirava-me a bandeja das mãos e a depositava sobre o altar.

Não fui senhor de lhe tomar uma única branca durante todo o tempo que com ele vivi, ou, melhor dizendo, morri. Na taberna nunca lhe comprei uma branca de vinho sequer, mas aquele pouco que, vindo da oferenda, ele havia guardado na arca, saboreava-o tão compassadamente, que lhe durava toda a semana. Para disfarçar sua grande mesquinhez, dizia-me:

— Veja, rapaz, os sacerdotes devem ser muito comedidos em seu comer e beber. Por esse motivo não me excedo, como tantos outros.

Mas o miserável mentia descaradamente, porque, em confrarias e velórios em que rezamos, à custa alheia ele comia como um lobo e bebia mais que um pau-d'água. E, já que falei de velórios, Deus me perdoe, pois jamais fui inimigo da natureza humana a não ser nessa época; pois como nos velórios comíamos bem e eu me fartava, desejava e até rogava ao Senhor que todo dia matasse um. E, quando dávamos os sacramentos aos enfermos, especialmente a extrema-unção, como o clérigo mandava que os presen-

rigo rezar a los que están allí, yo por cierto no era el postrero de la oración, y con todo mi corazón y buena voluntad rogaba al Señor, no que le[17] echase a la parte que más servido fuese, como se suele decir, mas que le llevase deste mundo. Y cuando alguno destos escapaba, Dios me lo perdone, que mil veces le daba al diablo; y el que se moría otras tantas bendiciones llevaba de mí dichas. Porque en todo el tiempo que allí estuve, que serían cuasi seis meses, solas veinte personas fallecieron, y estas bien creo que las maté yo, o, por mejor decir, murieron a mi recuesta, porque, viendo el Señor mi rabiosa y continua muerte, pienso que holgaba de matarlos por darme a mí vida.

Mas de lo que al presente padecía remedio no hallaba; que si el día que enterrábamos yo vivía, los días que no había muerto, por quedar bien vezado de la hartura, tornando a mi cuotidiana hambre más lo sentía. De manera que en nada hallaba descanso, salvo en la muerte, que yo también para mí, como para los otros, deseaba algunas veces; mas no la vía, aunque estaba siempre en mí.

Pensé muchas veces irme de aquel mezquino amo, mas por dos cosas lo dejaba: la primera, por no me atrever a mis piernas, por temer de la flaqueza que de pura hambre me venía; y la otra, consideraba y decía: "Yo he tenido dos amos: el primero traíame muerto de hambre, y dejándole, topé con estotro, que me tiene ya con ella en la sepoltura; pues si deste desisto y doy en

---

[17] *le*: no original *la*. Entendemos tratar-se de errata, também corrigida em *Al* e *An*.

tes rezassem, eu, por certo, não era o último nas orações e, com todo o meu coração e fervor, rogava a Deus, não que o enviasse para onde melhor fosse servido, como se costuma dizer, mas que o levasse deste mundo. Quando algum deles escapava, que Deus me perdoe, mil vezes o mandava ao diabo; e o que morria muitas bênçãos recebia em minhas orações. Porque em todo o tempo que ali estive, que foram quase seis meses, só umas vinte pessoas faleceram, e creio, sinceramente, que fui eu que as matei, ou melhor, devem ter morrido por causa dos meus rogos, porque, vendo o Senhor minha triste e lenta morte, acredito que lhes tirava a vida para que eu pudesse manter a minha.

Mas, para o mal de que eu então padecia, não encontrava remédio, pois se no dia em que enterrávamos alguém eu vivia, nos dias em que não havia morto, estando habituado à fartura, muito mais eu sofria ao regressar à minha fome cotidiana. De maneira que em nada encontrava descanso, salvo na morte alheia, embora também para mim a desejasse muitas vezes. Mas não a via, ainda que estivesse sempre comigo.

Pensei muitas vezes em abandonar aquele amo tão mesquinho, mas por duas razões desistia da ideia. A primeira delas era por minhas pernas, por temer a fraqueza que de pura fome me invadia. A outra, porque refletia e dizia para mim mesmo: "Tive dois amos; o primeiro deles mantinha-me morto de fome e, ao abandoná-lo, encontrei este, que me faz passar tanta que está me levando à sepultura. Se me livro deste e topo com outro pior, que

otro más bajo, ¿qué será, sino fenecer?". Con esto no me osaba menear, porque tenía por fe que todos los grados había de hallar más ruines. Y a abajar otro punto, no sonara Lázaro ni se oyera en el mundo.

Pues estando en tal aflición, cual plega al Señor librar della a todo fiel cristiano, y sin saber darme consejo, viéndome ir de mal en peor, un día que el cuitado ruin y lacerado de mi amo había ido fuera del lugar, llegose acaso a mi puerta un calderero, el cual yo creo que fue ángel enviado a mí por la mano de Dios en aquel hábito. Preguntáme si tenía algo que adobar. "En mí teníades bien qué hacer y no haríades poco si me remediásedes", dije paso, que no me oyó. Mas como no era tiempo de gastarlo en decir gracias, alumbrado por el Espíritu Santo,[18] le dije:

— Tío, una llave de este arte he perdido, y temo mi señor me azote; por vuestra vida, veáis si en esas que traéis hay algunas que le haga, que yo os lo pagaré.

Comenzó a probar el angélico calderero una y otra de un gran sartal que dellas traía, y yo ayudalle con mis flacas oraciones. Cuando no me cato, veo en figura de panes, como dicen, la cara de Dios dentro del arcaz.[19] Y abierto, díjele:

— Yo no tengo dineros que os dar por la llave, mas tomad de ahí el pago.

Él tomó un bodigo de aquellos, el que mejor le pareció, y dándome mi llave se fue muy contento, dejándome más a mí.

---

[18] *Ve* substitui "por el Espíritu Santo" por "no sé por quién".

[19] *Sa* acentua a censura ao texto substituindo: "veo cantidad de panes dentro del arcaz".

será de mim senão a morte?". E com estas considerações, não ousava me mexer, pois acreditava que todos os degraus haviam de ser ainda piores. E, se descesse mais um pouco, já não se ouviria mais Lázaro no mundo.[40]

Estando eu em tal aflição, da qual queira o Senhor livrar todo cristão fiel, e sem saber como me orientar, vendo que ia de mal a pior, um dia em que o maldito e lazarento de meu amo tinha saído do povoado, bateu à minha porta um caldeireiro, o qual eu creio que era um anjo enviado pelas mãos de Deus e disfarçado naqueles trajes. Perguntou-me se tinha alguma coisa para consertar. "Em mim teria muita coisa para fazer e não faria pouco se me remediasse", falei tão baixo que ele não ouviu. Mas como não era tempo para brincadeiras, iluminado pelo Espírito Santo, respondi-lhe:

— Tio, perdi a chave desta arca e temo que meu amo me açoite. Por sua vida, veja se há, entre essas chaves que traz, alguma que sirva, que eu lhe pagarei.

Começou o caldeireiro celestial a provar, uma após outra, as chaves de um grande molho que tinha, e eu a ajudá-lo com minhas fracas orações. Quando menos esperava, eis que vejo na figura dos pães, como dizem, a imagem de Deus dentro da arca. Uma vez aberta, disse-lhe:

— Eu não tenho dinheiro para lhe dar pela chave, mas pode tirar daí o seu pagamento.

Ele pegou um daqueles pães, o que melhor lhe pareceu, e, dando-me a chave, foi-se embora muito feliz, deixando-me mais feliz ainda.

---

[40] No original em espanhol, há um jogo de palavras feito a partir do sentido de "punto" como "nota musical".

Mas no toqué en nada por el presente, por que no fuese la falta sentida, y aun porque me vi de tanto bien señor, pareciome que la hambre no se me osaba llegar. Vino el mísero de mi amo, y quiso Dios no miró en la oblada que el ángel había llevado. Y otro día, en saliendo de casa, abro mi paraíso panal, y tomo entre las manos y dientes un bodigo; y en dos credos le hice invisible, no se me olvidando el arca abierta. Y comienzo a barrer la casa con mucha alegría, pareciéndome con aquel remedio remediar dende en adelante la triste vida. Y así estuve con ello aquel día y otro gozoso. Mas no estaba en mi dicha que me durase mucho aquel descanso, porque luego, al tercero día, me vino la terciana derecha. Y fue que veo a deshora al que me mataba de hambre sobre nuestro arcaz, volviendo y revolviendo, contando y tornando a contar los panes. Yo disimulaba, y en mi secreta oración y devociones y plegarias, decía: "¡Sant Juan, y ciégale!".

Después que estuvo un gran rato echando la cuenta, por días y dedos contando, dijo:

— Si no tuviera a tan buen recaudo esta arca, yo dijera que me habían tomado della panes; pero de hoy más, solo por cerrar puerta a la sospecha, quiero tener buena cuenta con ellos: nueve quedan y un pedazo.

"¡Nuevas malas te dé Dios!", dije yo entre mí. Pareciome con lo que dijo pasarme el corazón con saeta de montero, y comenzome el estómago a escarbar de hambre, viéndose puesto en la dieta pasada. Fue fuera de casa. Yo, por consolarme, abro el arca, y como vi el pan, comencelo de adorar, no osando recebillo. Contelos, si a dicha el lacerado se errara, y hallé su cuenta más verdadera que yo quisiera. Lo más que yo pude

Contudo, naquela ocasião não toquei em nada, para que a falta não fosse percebida. E também porque, sentindo-me senhor de tanta fartura, parecia que a fome não ousava sequer se aproximar. Regressou o miserável do meu amo e quis Deus que nem percebesse a falta do pão que o anjo tinha levado. No dia seguinte, tendo ele saído de casa, abro o meu paraíso de pães, tomo entre unhas e dentes um deles, fazendo-o desaparecer em dois credos, e fecho a arca. Começo, então, a varrer a casa com muita alegria, sentindo que, com aquele remédio, remediaria dali em diante a minha triste vida. E assim estive, prazeroso, aquele dia e o seguinte também. Mas não era meu destino que durasse muito aquele descanso, porque já no terceiro dia tudo se acabou. Eis que vejo, inesperadamente, aquele que me matava de fome debruçado sobre a nossa arca, mexendo e remexendo, contando e recontando os pães. Eu dissimulava e, em minhas secretas orações e súplicas, pedia: "São João, cegue-o!".

Depois de ficar um bom tempo fazendo contas, calculando os dias nos dedos, ele disse:

— Se eu não mantivesse esta arca tão bem guardada, diria que me tiraram daqui algum pão. Mas, de hoje em diante, só para evitar qualquer suspeita, vou mantê-los em boa conta: sobram nove pães e um pedaço.

"Novas pragas Deus lhe dê!", falei comigo mesmo. Senti, com suas palavras, que uma flecha atravessou meu coração e o estômago começou a reclamar de fome, prevendo o retorno à antiga dieta. Ele tornou a sair e eu, para me consolar, abro a arca e, vendo os pães, começo a adorá-los, não ousando recebê-los. Contei-os, para ver se, por sorte, o desgraçado não tinha se enganado, mas sua conta estava mais correta do que eu gostaria. O máximo que consegui

hacer fue dar en ellos mil besos, y, lo más delicado que yo pude, del partido partí un poco al pelo que él estaba, y con aquel pasé aquel día, no tan alegre como el pasado.

Mas como la hambre creciese, mayormente que tenía el estómago hecho a más pan aquellos dos o tres días ya dichos, moría mala muerte; tanto que otra cosa no hacía, en viéndome solo, sino abrir y cerrar el arca y contemplar en aquella cara de Dios, que ansí dicen los niños. Mas el mismo Dios, que socorre a los afligidos, viéndome en tal estrecho, trujo a mi memoria un pequeño remedio; que, considerando entre mí, dije: "Este arquetón es viejo y grande y roto por algunas partes; aunque pequeños agujeros, puédese pensar que ratones entrando en él hacen daño a este pan. Sacarlo entero no es cosa conveniente, porque verá la falta el que en tanta me hace vivir. Esto bien se sufre".

Y comienzo a desmigajar el pan sobre unos no muy costosos manteles que allí estaban, y tomo uno y dejo otro, de manera que en cada cual de tres o cuatro desmigajé su poco. Después, como quien toma gragea lo comí, y algo me consolé. Mas él, como viniese a comer y abriese el arca, vio el mal pesar y sin dubda creyó ser ratones los que el daño habían hecho, porque estaba muy al propio contrahecho de como ellos lo suelen hacer. Miró todo el arcaz de un cabo a otro y viole ciertos agujeros por do sospechaba habían entrado. Llamome diciendo:

—¡Lázaro! ¡Mira, mira qué persecución ha venido aquesta noche por nuestro pan!

Yo híceme muy maravillado, preguntándole qué sería.

foi dar nos pães mil beijos e, o mais delicadamente que pude, do pão já partido tirei um pedaço, observando a linha do corte. Com isso passei aquele dia, não tão feliz como o anterior.

Mas como a fome crescia, principalmente porque o estômago se havia acostumado a mais pão naqueles dois ou três últimos dias, eu morria de morte ruim; tanto que não fazia outra coisa, ao ver-me sozinho, senão abrir e fechar a arca e nela contemplar o rosto de Deus, como dizem as crianças. Mas o próprio Deus, que socorre os aflitos, vendo-me em tal aperto, trouxe-me à memória um pequeno remédio, e foi que, pensando, eu disse para mim mesmo: "Esta arca é velha, grande e carcomida em algumas partes. Mesmo que os buracos sejam pequenos, pode-se pensar que ratos, entrando por eles, roam este pão. Tirá-lo inteiro não é conveniente, porque sentirá sua falta aquele que em tanta falta me faz viver. Isto é convincente".

E ponho-me a esmigalhar o pão sobre umas toalhas baratas que encontrei por ali. Pego um e deixo outro, de forma que de três ou quatro tirei umas migalhas. Depois, como quem toma um comprimido, comi as migalhas e me consolei um pouco. Mas ele, ao abrir a arca para comer, viu o estrago e, sem dúvida, acreditou ser obra de ratos, porque tudo estava muito parecido com o que eles costumam fazer. Observou atentamente a arca de cabo a rabo e notou alguns buracos, por onde suspeitou que eles tivessem entrado. Chamou-me dizendo:

— Lázaro! Veja! Veja que desgraça fizeram esta noite com o nosso pão!

Eu mostrei-me surpreso e perguntei-lhe quem poderia ter feito aquilo.

—¡Qué ha de ser! —dijo él—. Ratones, que no dejan cosa a vida.

Pusímonos a comer, y quiso Dios que aun en esto me fue bien: que me cupo más pan que la lazeria que me solía dar, porque rayó con un cuchillo todo lo que pensó ser ratonado, diciendo:

—¡Cómete eso, que el ratón cosa limpia es!

Y[20] así, aquel día, añadiendo la ración del trabajo de mis manos, o de mis uñas, por mejor decir, acabamos de comer, aunque yo nunca empezaba.

Y luego me vino otro sobresalto, que fue verle andar solícito quitando clavos de paredes y buscando tablillas, con las cuales clavó y cerró todos los agujeros de la vieja arca.

"¡Oh, Señor mío! —dije yo entonces—. ¡A cuánta miseria y fortuna y desastres estamos puestos los nacidos y cuán poco turan los placeres desta nuestra trabajosa vida! Heme aquí que pensaba con este pobre y triste remedio remediar y pasar mi lazeria, y estaba ya cuanto que alegre y de buena ventura. Mas no quiso mi desdicha, despertando a este lacerado de mi amo y poniéndole más diligencia de la que él de suyo se tenía (pues los míseros por la mayor parte nunca de aquella carecen), agora, cerrando los agujeros del arca, cerrase la puerta a mi consuelo y la abriese a mis trabajos."

Así lamentaba yo, en tanto que mi solícito carpintero, con muchos clavos y tablillas, dio fin a sus obras diciendo:

---

[20] *Y*: no original, *E*.

— Quem poderia ser! — exclamou ele. — Os ratos, que não deixam escapar nada.

Pusemo-nos a comer e quis Deus que também nisto eu me saísse bem: coube-me mais pão do que a miséria que ele costumava dar-me, porque ele tirou com uma faca tudo o que pensava ter sido roído pelos ratos e disse:

— Coma isso, que rato é bicho limpo!

E assim, naquele dia, juntando a ração conseguida com o trabalho de minhas mãos, ou melhor, de minhas unhas, acabamos de comer, embora eu nunca tivesse começado.

Mas logo me veio outro sobressalto, porque o vi andar inquieto pela casa, arrancando pregos das paredes e buscando pedaços de madeira, com os quais pregou e fechou todos os buracos da velha arca.

"Oh, Senhor meu — queixei-me então —, a quanta miséria, azar e desastres estamos expostos os vivos e quão pouco duram os prazeres nesta nossa sofrida existência! E eu que pensava com esse pobre e triste remédio curar e vencer minha miséria, e já me sentia até contente e feliz! Mas não o permitiu minha má sorte, despertando o lazarento do meu amo e inspirando-lhe mais zelo do que normalmente tinha (porque os miseráveis, na maior parte das vezes, são sempre muito zelosos). Agora, fechando os buracos da arca, também se fecha a porta do meu consolo e se abre a dos meus sofrimentos."

Assim eu me lamentava, enquanto o solícito carpinteiro, com muitos pregos e tabuinhas, deu por finalizada sua obra, exclamando:

—*Agora, donos traidores ratones, conviéneos mudar propósito, que en esta casa mala medra tenéis.*

De que salió de su casa, voy a ver la obra, y hallé que no dejó en la triste y vieja arca agujero ni aun por donde le pudiese entrar un moxquito. Abro con mi desaprovechada llave sin esperanza de sacar provecho, y vi los dos o tres panes comenzados, los que mi amo creyó ser ratonados, y dellos todavía saqué alguna lazeria, tocándolos muy ligeramente, a uso de esgremidor diestro. Como la necesidad sea tan gran maestra, viéndome con tanta siempre, noche y día estaba pensando la manera que ternía en sustentar el vivir. Y pienso, para hallar estos negros remedios, que me era luz la hambre, pues dicen que el ingenio con ella se avisa, y al contrario con la hartura, y así era por cierto en mí.

Pues estando una noche desvelado en este pensamiento, pensando cómo me podría valer y aprovecharme del arcaz, sentí que mi amo dormía porque lo mostraba con roncar y en unos resoplidos grandes que daba cuando estaba durmiendo. Levanteme muy quedito, y habiendo en el día pensado lo que había de hacer y dejado un cuchillo viejo que por allí andaba en parte do le hallase, voyme al triste arcaz, y por do había mirado tener menos defensa le acometí con el cuchillo, que a manera de barreno dél usé. Y como la antiquísima arca, por ser de tantos años, la hallase sin fuerza y corazón, antes muy blanda y carcomida, luego se me rindió y consintió en su costado, por mi remedio, un buen agujero. Esto hecho, abro muy paso la llagada arca y, al tiento, del pan que hallé partido hice

— Agora, senhores ratos[41] ladrões, convém mudar de propósito, pois nesta casa má colheita terão!

Quando ele saiu de casa, fui ver a obra e constatei que não deixara na triste e velha arca uma fresta por onde pudesse passar sequer um mosquito. Abro-a com minha inútil chave, sem esperança de poder tirar dali algum proveito. Vi os dois ou três pães meio comidos, os que meu amo pensou terem sido roídos pelos ratos, dos quais ainda tirei alguma lasquinha, tocando-os muito levemente, como fazem os hábeis esgrimistas. Sendo a necessidade tão boa mestra e vendo-me eu sempre com tanta, pensava noite e dia numa maneira de sustentar meu viver. E acredito que, para encontrar estes amargos remédios, a fome me iluminava, pois dizem que o engenho com ela se aviva, ao contrário do que ocorre quando há fartura. Era decerto o que acontecia comigo.

Pois estando eu, certa noite, desvelado em tais pensamentos, imaginando como poderia valer-me e tirar proveito da arca, notei que meu amo dormia, porque roncava e ressoava fortemente quando o fazia. Levantei-me devagarinho e, tendo pensado durante o dia no que havia de fazer e deixado uma velha faca em lugar onde a pudesse encontrar, fui até a triste arca e, buscando a parte que tinha visto ser mais frágil, ataquei-a com a faca, que usei como se fosse uma broca. E como a antiquíssima arca, pelos muitos anos que tinha, já se visse sem força nem coração, e sim mole e carcomida, logo se rendeu, permitindo-me fazer na parte de trás, para minha sorte, um bom buraco. Isto feito, abri com cuidado a chagada arca e, às apalpadelas, fiz no

---

[41] No original em espanhol, "donos" é um plural cômico da forma de tratamento respeitoso "don".

según desuso[21] *está escripto. Y con aquello un tanto consolado, tornando a cerrar, me volví a mis pajas, en las cuales reposé y dormí un poco. Lo cual yo hacía mal y echábalo al no comer. Y ansí sería, porque cierto en aquel tiempo no me debían de quitar el sueño los cuidados del rey de Francia.*

Otro día fue por mi señor mi amo visto el daño, así del pan como del agujero que yo había hecho, y comenzó a dar al diablo los ratones y decir:

— ¿Qué diremos a esto? ¡Nunca haber sentido ratones en esta casa sino agora!

Y sin duda debía de decir verdad, porque si casa había de haber en el reino justamente dellos privilegiada, aquella de razón había de ser, porque no suelen morar donde no hay qué comer. Torna a buscar clavos por la casa y por las paredes, y tablillas a atapárselos.

Venida la noche y su reposo, luego era yo puesto en pie con mi aparejo, y cuantos él tapaba de día destapaba yo de noche. En tal manera fue y tal prisa nos dimos, que sin duda por esto se debió decir: "Donde una puerta se cierra, otra se abre". Finalmente, parecíamos tener a destajo la tela de Penélope, pues cuanto él tejía de día rompía yo de noche; y en pocos días y noches pusimos la pobre despensa de tal forma, que

---

[21] No original, *deyuso* (hoje arcaísmo, que significava "abaixo", entenda-se "depois"), não tem sentido, já que Lázaro não explica depois, e sim antes, o modo como comia do pão imitando os ratos. Assim, é lógica a alteração feita por *Ve*, que corrige: "desuso" (hoje arcaísmo, que significava "acima", entenda-se "antes"). Aceitamos a correção de *Ve*.

pão partido o mesmo que já descrevi antes. Um tanto consolado, tornei a fechar a arca e voltei às minhas palhas, nas quais repousei e dormi um pouco, o que eu fazia mal por culpa da falta de comida. E com certeza era este o motivo, pois não haveria de perder o sono pelas agonias do rei da França.[42]

No dia seguinte, o senhor meu amo, percebendo o estrago, tanto do pão como do buraco que eu tinha feito, começou a amaldiçoar os ratos e a vociferar:

— O que é isto? Nunca houve ratos nesta casa, só agora!

E devia dizer a verdade, porque, se havia no reino uma casa com tal privilégio, sem dúvida seria aquela, porque os ratos não costumam viver onde não há comida. Volta a procurar pregos pelas paredes e por toda a casa e pedaços de madeira para tapar os buracos.

Com a chegada da noite e do devido repouso, logo eu me levantava e punha-me em ação. Quantos buracos ele tapava durante o dia eu tornava a abrir durante a noite. E tudo acontecia de tal forma e com tal rapidez, que certamente por isso se dizia: "Onde uma porta se fecha, outra se abre". Parecia, enfim, que repetíamos a tarefa de Penélope, pois tudo o que ele tecia de dia eu desfazia de noite. Em poucos dias e noites deixamos a pobre despensa em tal es-

---

[42] Muitos críticos querem ver nesta última frase uma alusão à prisão do rei Francisco I da França pelo imperador Carlos V, de fevereiro de 1525 a fevereiro de 1526, depois da batalha de Pavia, o que permitiria estabelecer uma data para a contextualização histórica da narrativa de Lázaro; esta, no entanto, é bastante escorregadia e, assim, parece apontar, de maneira genérica, ao período em que Carlos I ocupou o trono espanhol, logicamente, com anterioridade à redação do romance.

quien quisiera propiamente della hablar más corazas viejas de otro tiempo que no arcaz la llamara, según la clavazón y tachuelas sobre sí tenía.

De que vio no le aprovechar nada su remedio, dijo:

— Este arcaz está tan maltratado y es de madera tan vieja y flaca, que no habrá ratón a quien se defienda. Y va ya tal, que si andamos más con él nos dejará sin guarda. Y aun lo peor, que, aunque hace poca, todavía hará falta faltando y me pondrá en costa de tres o cuatro reales. El mejor remedio que hallo, pues el de hasta aquí no aprovecha: armaré por de dentro a estos ratones malditos.

Luego buscó prestada una ratonera, y con cortezas de queso que a los vecinos pedía, contino el gato estaba armado dentro del arca. Lo cual era para mí singular auxilio, porque, puesto caso que yo no había menester muchas salsas para comer, todavía me holgaba con las cortezas del queso que de la ratonera sacaba; y sin esto no perdonaba el ratonar del bodigo.

Como hallase el pan ratonado y el queso comido y no cayese el ratón que lo comía, dábase al diablo, preguntaba a los vecinos qué podría ser comer el queso y sacarlo de la ratonera y no caer y quedar dentro el ratón y hallar caída la trampilla del gato. Acordaron los vecinos no ser el ratón el que este daño hacía, porque no fuera menos de haber caído alguna vez. Díjole un vecino:

— En vuestra casa yo me acuerdo que solía andar una culebra, y esta debe ser sin duda; y lleva razón, que, como es larga, tiene lugar de tomar el cebo, y aunque la coja la trampilla encima, como no entre toda dentro, tórnase a salir.

tado, que mais parecia uma armadura antiga do que uma arca, coberta como estava de pregos e tachinhas.

Ao ver que seu trabalho de nada servia, disse:

— Esta arca está tão destruída e sua madeira tão velha e fraca, que já não tem condições de se defender de rato nenhum. A coisa vai tão mal que, se continuarmos assim, ficaremos sem proteção. E o pior, mesmo que proteja pouco, ainda assim fará falta e me obrigará a gastar três ou quatro reais.[43] A melhor solução que vejo, já que até agora pouco se resolveu, é atacar esses malditos ratos dentro dela.

Logo conseguiu emprestada uma ratoeira e, com cascas de queijo que pedia aos vizinhos, deixava o gato sempre armado dentro da arca. Isto era para mim uma ajuda e tanto, pois, não tendo necessidade de muitos temperos para comer, regalava-me com as cascas de queijo que da ratoeira tirava e, ainda, não deixava de partir lascas do pão.

Como encontrasse o pão roído e o queijo comido e não caísse o rato que o comia, meu amo praguejava. Perguntava aos vizinhos como era possível o rato comer o queijo, tirá-lo da ratoeira, não cair e ficar preso, e aparecer a armadilha desarmada. Concordaram os vizinhos que o estrago não era feito por ratos, porque, se assim fosse, algum já teria ficado preso alguma vez. Disse-lhe um vizinho:

— Lembro-me de que em sua casa costumava andar uma cobra. Sem dúvida, deve ser ela. E tem lógica que seja a cobra, pois, como tem o corpo comprido, ela pode levar a isca e, mesmo que a armadilha lhe caia em cima, como não chegou a entrar por inteiro, consegue sair.

---

[43] *Real*: moeda de prata, do valor de 34 maravedis. Ver, no final do volume, a tabela das moedas cunhadas no reino de Castela e Leão.

Cuadró a todos lo que aquel dijo y alteró mucho a mi amo, y dende en adelante no dormía tan a sueño suelto, que qualquier gusano de la madera que de noche sonase pensaba ser la culebra que le roía el arca. Luego era puesto en pie, y con un garrote que a la cabecera, desde que aquello le dijeron, ponía, daba en la pecadora del arca grandes garrotazos, pensando espantar la culebra. A los vecinos despertaba con el estruendo que hacía y a mí no me dejaba dormir. Íbase a mis pajas y trastornábalas, y a mí con ellas, pensando que se iba para mí, se envolvía en mis pajas o en mi sayo, porque le decían que de noche acaecía a estos animales, buscando calor, irse a las cunas donde están criaturas, y aun mordellas y hacerles peligrar.

Yo las más veces hacía del dormido, y en la mañana decíame él:

— ¿Esta noche, mozo, no sentiste nada? Pues tras la culebra anduve, y aun pienso que se ha de ir para ti a la cama, que son muy frías y buscan calor.

— Plega a Dios que no me muerda — decía yo —, que harto miedo le tengo.

Desta manera, andaba tan elevado y levantado del sueño, que, mi fe, la culebra, o el culebro, por mejor decir, no osaba roer de noche ni levantarse al arca: mas de día, mientras estaba en la iglesia o por el lugar, hacía mis saltos. Los cuales daños viendo él, y el poco remedio que les podía poner, andaba de noche, como digo, hecho trasgo. Yo hube miedo que con aquellas diligencias no me topase con la llave, que debajo de las pajas tenía, y pareciome lo más seguro metella de noche en la boca, porque ya, desde que viví con el ciego, la tenía tan hecha bolsa que me acaeció tener en ella

Todos concordaram com esse raciocínio, que deixou muito alterado o meu amo. Desde então, já não dormia a sono solto e qualquer caruncho da madeira que à noite fizesse ruído ele pensava ser a cobra que lhe roía a arca. Punha-se de pé rapidamente e, com um porrete que deixava à cabeceira desde que aquilo lhe contaram, dava muitas pancadas na pobre arca, pensando que espantava a cobra. Acordava os vizinhos com a barulheira que fazia e também não me deixava dormir. Ia até as minhas palhas e as revolvia, e a mim junto com elas, imaginando que a tal cobra poderia estar ali, no meio das palhas ou em minha roupa, porque lhe diziam que esses animais, à noite, querendo calor, costumam ir aos berços das crianças, colocando-as em perigo ou mesmo mordendo-as.

Eu, na maioria das vezes, fingia dormir e pela manhã ele me dizia:

— Esta noite, meu rapaz, não sentiu nada? Pois andei procurando a cobra e ainda penso que deve ir à sua cama, porque são muito frias e procuram calor.

— Queira Deus que não me morda — eu dizia —, porque morro de medo dela.

Dessa maneira, ele andava tão nervoso e sem sono que, de minha parte, a cobra, ou o cobrão, para melhor dizê-lo, não ousava sair para roer à noite nem mexer na arca. Mas, durante o dia, enquanto ele estava na igreja ou em outro lugar, eu dava os meus saltos. Ele, vendo os estragos e o pouco que podia fazer para impedi-los, perambulava de noite, como digo, feito um fantasma. Tive medo de que, com aquelas diligências, viesse a topar com a chave, que eu guardava debaixo das palhas. Pareceu-me então mais seguro, durante a noite, guardá-la dentro da boca. Porque, desde o tempo em que morava com o cego, usava-a como bol-

doce o quince maravedís, todo en medias blancas, sin que me estorbase el comer; porque de otra manera no era señor de una blanca que el maldito ciego no cayese con ella, no dejando costura ni remiendo que no me buscaba muy a menudo.

Pues ansí como digo, metía cada noche la llave en la boca y dormía sin recelo que el brujo de mi amo cayese con ella; mas cuando la desdicha ha de venir, por demás es diligencia. Quisieron mis hados o, por mejor decir, mis pecados, que una noche que estaba durmiendo, la llave se me puso en la boca, que abierta debía tener, de tal manera y postura que el aire y resoplo que yo durmiendo echaba salía por el hueco de la llave, que de cañuto era, y silbaba, según mi desastre quiso, muy recio, de tal manera que el sobresaltado de mi amo lo oyó y creyó sin duda ser el silbo de la culebra, y cierto lo debía parecer.

Levantose muy paso con su garrote en la mano, y al tiento y sonido de la culebra se llegó a mí con mucha quietud por no ser sentido de la culebra. Y como cerca se vio, pensó que allí, en las pajas do yo estaba echado, al calor mío se había venido. Levantando bien el palo, pensando tenerla debajo y darle tal garrotazo que la matase, con toda su fuerza me descargó en la cabeza tan gran golpe, que sin ningún sentido y muy mal descalabrado me dejó. Como sintió que me había dado, según yo debía hacer gran sentimiento con el fiero golpe, contaba él que se había llegado a mí y, dándome grandes voces, llamándome procuró recor-

sa, tanto que já tinha acontecido de eu esconder ali doze ou quinze maravedis, em moedas de meia-branca,[44] sem que isto me impedisse de comer. De outra forma, não seria dono de uma branca sequer sem que o maldito cego percebesse, pois não havia costura nem remendo em minha roupa que ele não revistasse com frequência.

Pois, assim como digo, toda noite enfiava a chave na boca e dormia sem receio de que o bruxo do meu amo pudesse encontrá-la. Mas, quando a desgraça tem que vir, não há como evitá-la. Quis minha má sorte, ou melhor, meus pecados, que, uma noite em que eu estava dormindo, a chave moveu-se de tal maneira em minha boca, que devia estar aberta, que o ar que eu expelia ao respirar saía pelo buraco da chave e assobiava. Tão forte era o assobio, para minha desgraça, que meu amo o escutou e acordou sobressaltado, acreditando tratar-se do silvo da dita cobra, como de fato devia parecer.

Levantou-se bem devagar, com o porrete na mão, e, seguindo o ruído, aproximou-se de mim sem fazer nenhum barulho, para não ser percebido pela cobra. Quando chegou perto, pensou que ali, nas palhas onde eu dormia, ela tinha se escondido em busca do meu calor. Erguendo bem alto o porrete, julgando que ela estava na mira e querendo dar-lhe um golpe que a matasse, desferiu sobre minha cabeça tamanha paulada, que me deixou sem nenhum sentido e todo arrebentado. Quando percebeu que tinha me acertado, porque eu devia demonstrar muita dor por causa do violento golpe, contava ele que havia se aproximado e, chamando-me aos gritos, tentara me

---

[44] Um maravedi equivalia a quatro meias-brancas.

darme. Mas como me tocase con las manos, tentó la mucha sangre que se me iba, y conoció el daño que me había hecho. Y con mucha prisa fue a buscar lumbre y, llegando con ella, hallome quejando, todavía con mi llave en la boca, que nunca la desamparé, la mitad fuera, bien de aquella manera que debía estar al tiempo que silbaba con ella.

Espantado el matador de culebras, qué podía ser aquella llave, mirola, sacándomela del todo de la boca, y vio lo que era, porque en las guardas nada de la suya diferenciaba. Fue luego a proballa, y con ella probó el maleficio. Debió de decir el cruel cazador: "El ratón y culebra que me daban guerra y me comían mi hacienda he hallado".

De lo que sucedió en aquellos tres dias siguientes ninguna fe daré, porque los tuve en el vientre de la ballena, mas de como esto que he contado oí (después que en mí torné) decir a mi amo, el cual a cuantos allí venían lo contaba por extenso.

A cabo de tres días yo torné en mi sentido y vime echado en mis pajas, la cabeza toda emplastada y llena de aceites y ungüentos, y espantado dije:

— ¿Qué es esto?

Respondiome el cruel sacerdote:

— A fe que los ratones y culebras que me destruían ya los he cazado.

Y miré por mí, y vime tan maltratado, que luego sospeché mi mal.

A esta hora entró una vieja que ensalmaba, y los vecinos, y comiénzanme quitar trapos de la cabeza y

acordar. Ao tocar-me com as mãos, sentiu a grande quantidade de sangue que eu perdia e compreendeu, então, a gravidade do ferimento que me causara. Muito apressado, foi em busca de luz e, voltando com ela, encontrou-me gemendo, ainda com metade da chave na boca, já que não a soltei, e metade fora dela, da mesma maneira que devia estar quando silvava.

Espantado o matador de cobras com aquela chave, examinou-a, tirou-a da minha boca e compreendeu o que era, pois os dentes dela em nada se diferenciavam dos da sua. Foi logo prová-la na arca e, com isto, comprovou a trapaça. O cruel caçador deve ter dito: "Encontrei, por fim, o rato e a cobra que me atacavam e devoravam o que é meu".

Sobre o que me aconteceu nos três dias seguintes nenhuma referência farei, porque os passei no ventre da baleia. De tudo o que acabo de narrar tive conhecimento ouvindo as próprias palavras do meu amo, depois que voltei a mim, já que ele o contava com detalhes a todos que apareciam.[45]

Ao final de três dias, recobrei os sentidos e me vi jogado sobre as minhas palhas, com a cabeça toda enfaixada e cheia de óleos e unguentos. Espantado, perguntei:

— O que aconteceu?

Ao que respondeu o cruel sacerdote:

— A verdade é que finalmente cacei os ratos e cobras que me destruíam.

Olhei para mim e me vi tão maltratado, que logo adivinhei a desgraça que tinha me acontecido.

---

[45] Note-se que esta explicação evidencia a preocupação do autor em não comprometer a verossimilhança da narrativa.

curar el garrotazo. Y como me hallaron vuelto en mi sentido, holgáronse mucho y dijeron:

— Pues ha tornado en su acuerdo, placerá a Dios no será nada.

Ahí tornaron de nuevo a contar mis cuitas y a reírlas, y yo, pecador, a llorarlas. Con todo esto, diéronme de comer, que estaba transido de hambre, y apenas me pudieron demediar. Y ansí, de poco en poco, a los quince días me levanté y estuve sin peligro (mas no sin hambre) y medio sano.

Luego otro día que fui levantado, el señor mi amo me tomó por la mano y sacome la puerta fuera, y, puesto en la calle, díjome:

— Lázaro, de hoy más eres tuyo y no mío. Busca amo y vete con Dios, que yo no quiero en mi compañía tan diligente servidor. No es posible sino que hayas sido mozo de ciego.

Y santiguándose de mí, como si yo estuviera endemoniado, se torna a meter en casa y cierra su puerta.

TRATADO TERCERO
Cómo Lázaro se asentó con un escudero, y de lo que le acaeció con él

Desta manera me fue forzado sacar fuerzas de flaqueza, y poco a poco, con ayuda de las buenas gentes, di comigo en esta insigne ciudad de Toledo, adonde, con la merced de Dios, dende a quince días se me cerró la herida. Y mientras estaba malo siempre me daban alguna limosna; mas después que estuve sano todos me decían:

— Tú, bellaco y gallofero eres; busca, busca un amo a quien sirvas.

Nesse momento, apareceu uma velha que curava com rezas e os vizinhos começaram a tirar os trapos de minha cabeça e a cuidar da paulada. Percebendo que eu havia recobrado os sentidos, ficaram contentes e exclamaram:
— Voltou a si! Queira Deus que não seja nada!
Tornaram então a contar minhas desgraças e a rir delas e eu, pecador, a chorar por elas. Depois me deram de comer, pois eu estava varado de fome, mas apenas conseguiram remediá-la. E assim, pouco a pouco, após quinze dias me levantei, já fora de perigo (mas não sem fome) e meio curado.

No dia seguinte, o senhor meu amo tomou-me pela mão e levou-me porta afora. Assim que me pôs na rua, ele disse:
— Lázaro, de hoje em diante você é dono do seu destino, já não me serve. Procure outro amo e vá com Deus, que eu não quero em minha companhia tão diligente servidor. Bem se vê que você foi guia de cego.

E, fazendo o sinal da cruz, como se eu estivesse possuído pelo demônio, meteu-se em casa e fechou a porta.

TRATADO TERCEIRO
De como Lázaro se assentou com um escudeiro e do que lhe aconteceu

Desse modo fui obrigado a tirar forças da fraqueza e, pouco a pouco, com a ajuda de gente bondosa, vim parar nesta insigne cidade de Toledo, onde, com a misericórdia de Deus, depois de uns quinze dias, cicatrizou-se minha ferida. Enquanto estava mal sempre me davam alguma esmola, mas, depois que sarei, todos me diziam:
— Você é velhaco e vagabundo, vá procurar um amo a quem servir.

"¿Y adónde se hallará ese — decía yo entre mí —, si Dios agora de nuevo, como crió el mundo, no le criase?"

Andando así discurriendo de puerta en puerta, con harto poco remedio, porque ya la caridad se subió al cielo,[22] topome Dios con un escudero que iba por la calle, con razonable vestido, bien peinado, su paso y compás en orden. Mirome, y yo a él, y díjome:

— Mochacho, ¿buscas amo?

Yo le dije:

— Sí, señor.

— Pues vente tras mí — me respondió —, que Dios te ha hecho merced en topar comigo. Alguna buena oración rezaste hoy.

Y seguile, dando gracias a Dios por lo que le oí, y también que me parecía, según su hábito y continente, el que yo había menester.

Era de mañana cuando este mi tercero amo topé, y llevome tras sí gran parte de la cibdad. Pasábamos por las plazas do se vendía pan y otras provisiones. Yo pensaba, y aun deseaba, que allí me quería cargar de lo que se vendía, porque esta era propia hora cuando se suele proveer de lo necesario; mas muy a tendido paso pasaba por estas cosas. "Por ventura no lo vee aquí a su contento — decía yo — y querrá que lo compremos en otro cabo."

Desta manera anduvimos hasta que dio las once. Entonces se entró en la iglesia mayor, y yo tras él, y

---

[22] *porque ya la caridad se subió al cielo*: a frase foi suprimida a partir da edição *Sa*, de 1599.

"E onde se encontrará o tal — perguntava a mim mesmo —, se Deus, neste momento, como criou o mundo, não o criar?"

E assim pensando ia eu, batendo de porta em porta, com escassos resultados, pois a caridade já subiu aos céus, quando o bom Deus me fez topar com um escudeiro que ia pela rua, razoavelmente bem-vestido, bem penteado, com andar ordenado e compassado. Olhou-me, e eu a ele, e perguntou-me:

— Meu rapaz, está procurando amo?

Eu lhe disse:

— Sim, senhor.

— Pois então me acompanhe — respondeu-me —, que Deus lhe fez o favor de topar comigo. Alguma boa oração você rezou hoje.

Segui-o, dando graças a Deus pelo que dele ouvi e também porque me pareceu, por sua roupa e aparência, ser a pessoa de quem eu carecia.

Era de manhã quando encontrei este meu terceiro amo, que me levou atrás de si por boa parte da cidade. Passávamos pelas praças onde se vendia pão e outras provisões e eu pensava, e mais ainda desejava, que ele quisesse carregar-me com tudo o que ali se vendia, pois aquela era a hora apropriada em que se costuma prover do necessário. Ele, entretanto, passava rapidamente por todas essas coisas. "Talvez não encontre aqui nada que lhe agrade — pensava eu —, talvez queira fazer as compras em outra parte."

Desta maneira, andamos até que deram onze horas. Então ele entrou na igreja matriz, e eu atrás dele, e vi-o ouvir missa e os outros ofícios divinos, mui devotamente,

muy devotamente le vi oír misa y los otros oficios divinos, hasta que todo fue acabado y la gente ida. Entonces salimos de la iglesia.

A buen paso tendido comenzamos a ir por una calle abajo; yo iba el más alegre del mundo en ver que no nos habíamos ocupado en buscar de comer. Bien consideré que debía ser hombre mi nuevo amo que se proveía en junto y que la comida estaría a punto y tal como yo la deseaba y aun la había menester.

En este tiempo dio el reloj la una después de mediodía, y llegamos a una casa, delante la cual mi amo se paró, y yo con él, y derribando el cabo de la capa sobre el lado izquierdo, sacó una llave de la manga y abrió su puerta, y entramos en casa; la cual tenía la entrada obscura y lóbrega de tal manera que parecía que ponía temor a los que en ella entraban, aunque dentro della estaba un patio pequeño y razonables cámaras.

Desque fuimos entrados, quita de sobre sí su capa, y preguntándome si tenía las manos limpias, la sacudimos y doblamos y muy limpiamente soplando un poyo que allí estaba, la puso en él. Y hecho esto, sentose cabo della, preguntándome muy por extenso de dónde era y cómo había venido a aquella ciudad. Y yo le di más larga cuenta que quisiera, porque me parecía más conveniente hora de mandar poner la mesa y escudillar la olla que de lo que me pedía. Con todo eso, yo le satisfice de mi persona lo mejor que mentir supe,

até que tudo terminou e as pessoas foram embora. Então saímos da igreja. Com passos rápidos, começamos a seguir por uma rua abaixo.

Eu ia com a maior alegria do mundo por ver que não nos tínhamos ocupado em procurar comida. Considerei que meu novo amo devia ser um homem precavido e que a comida já estaria pronta, bem como eu desejava e, ainda, dela tinha necessidade.

Nesse momento o relógio bateu uma da tarde e chegamos a uma casa diante da qual meu amo parou, e eu com ele. Jogando a ponta da capa para o lado esquerdo, tirou uma chave da manga, abriu a porta e entramos na casa. A entrada era tão escura e lúgubre, que parecia atemorizar aos que nela entravam, embora lá dentro houvesse um pequeno pátio e quartos razoáveis.

Assim que entramos, ele tirou a capa e, perguntando-me se eu tinha as mãos limpas,[46] sacudimos a peça de roupa e a dobramos. Com todo cuidado, soprando um banco de pedra que ali havia, colocou-a sobre ele. Tendo feito isto, sentou-se ao lado da capa e pôs-se a perguntar-me, mui detalhadamente, de onde eu era e como havia chegado àquela cidade. Dei-lhe mais explicações do que eu gostaria, porque pensava que a hora era mais apropriada para mandar pôr a mesa e servir o caldo, do que para fazer o que ele me pedia. Apesar de tudo, prestei-lhe contas sobre minha pes-

---

[46] O adjetivo "limpas" parece evocar aqui outra "limpeza", a do sangue, isto é, a ausência de muçulmanos ou judeus na ascendência familiar, que constituía um forte tabu à época. Essa "limpeza" é, como se verá, uma das obsessões do escudeiro; a alusão é reforçada pela imediata repetição da ideia (no original em espanhol) com o advérbio "limpiamente" e, mais ainda, pela reiteração do motivo, logo adiante.

diciendo mis bienes y callando lo demás, porque me parecía no ser para en cámara. Esto hecho, estuvo ansí un poco, y yo luego vi mala señal, por ser ya casi las dos y no le ver más aliento de comer que a un muerto.

Después desto, consideraba aquel tener la puerta cerrada con llave, ni sentir arriba ni abajo pasos de viva persona por toda la casa. Todo lo que yo había visto eran paredes, sin ver en ella silleta, ni tajo, ni banco, ni mesa, ni aun tal arcaz como el de marras. Finalmente, ella parecía casa encantada. Estando así, díjome:

— Tú, mozo, ¿has comido?

— No, señor — dije yo —, que aún no eran dadas las ocho cuando con Vuestra Merced encontré.

— Pues, aunque de mañana, yo había almorzado; y cuando ansí como algo, hágote saber que hasta la noche me estoy ansí. Por eso, pásate como pudieres que después cenaremos.

Vuestra Merced crea, cuando esto le oí, que estuve en poco de caer de mi estado, no tanto de hambre como por conocer de todo en todo la fortuna serme adversa. Allí se me representaron de nuevo mis fatigas y torné a llorar mis trabajos. Allí se me vino a la memoria la consideración que hacía cuando me pensaba ir del clérigo, diciendo que, aunque aquel era desventurado y mísero, por ventura toparía con otro

soa o melhor que soube mentir, relatando as coisas boas e calando sobre as demais, porque me pareceu mais conveniente. Isto feito, ele permaneceu assim um pouco e vi logo que era mau sinal, pois já eram quase duas da tarde e eu não via nele mais vontade de comer que a de um morto.

Em seguida, comecei a considerar o fato de ele ter a porta fechada à chave e de não se ouvirem sinais de viva alma nem na parte de cima nem na parte de baixo da casa. Tudo o que eu tinha visto eram paredes. Não havia ali nem cadeiras, nem banquetas, nem bancos, nem mesa, nem sequer uma arca como a de antes. Enfim, parecia uma casa encantada.[47] Nisso estava eu, quando ele me perguntou:

— Você, meu rapaz, já almoçou?

— Não senhor — respondi —, pois ainda não eram oito horas quando com Vossa Mercê me encontrei.

— Pois, embora fosse muito cedo, eu já tinha almoçado e, quando como algo assim, saiba que fico sem comer até à noite. Por isso, arranje-se como puder, que depois jantaremos.

Acredite Vossa Mercê que, quando ouvi isso dele, quase desmaiei, não tanto pela fome que tinha, mas por reconhecer que a fortuna, para mim, era em tudo e por tudo contrária. Naquele instante, recordei-me de todas as minhas fadigas e tornei a chorar por minhas penas. Voltaram-me à memória as considerações que fazia quando, pensando em deixar o clérigo, dizia que, embora aquele fosse desgraçado e miserável, por má sina eu poderia topar com

---

[47] O universo de encantamentos, próprio dos livros de cavalaria a que os leitores da época estavam acostumados, é aqui o produto da mais dura realidade. Com isso, o mundo romanesco daquelas narrativas é transformado neste outro, próprio do romance.

peor. Finalmente, allí lloré mi trabajosa vida pasada y mi cercana muerte venidera. Y con todo, disimulando lo mejor que pude, le dije:

— Señor, mozo soy que no me fatigo mucho por comer, bendito Dios. Deso me podré yo alabar entre todos mis iguales, por de mejor garganta, y ansí fui loado della hasta hoy día de los amos que yo he tenido.

— Virtud es esa — dijo él — y por eso te querré yo más. Porque el hartar es de los puercos, y el comer regladamente es de los hombres de bien.

"¡Bien te he entendido! — dije yo entre mí — ¡Maldita tanta medicina y bondad como aquestos mis amos que yo hallo hallan en la hambre!"

Púseme a un cabo del portal y saqué unos pedazos de pan del seno, que me habían quedado de los de por Dios. Él, que vio esto, díjome:

— Ven acá, mozo. ¿Qué comes?

Yo llegueme a él y mostrele el pan. Tomome él un pedazo de tres que eran, el mejor y más grande, y díjome:

— Por mi vida, que parece este buen pan.

— ¿Y cómo agora — dije yo —, señor, es bueno?

— Sí, a fe — dijo él — ¿Adónde lo hubiste? ¿Si es amasado de manos limpias?

— No sé yo eso — le dije —, mas a mí no me pone asco el sabor dello.

— Así plega a Dios — dijo el pobre de mi amo.

outro pior. Por fim, ali chorei minha sacrificada vida passada e minha tão próxima morte futura. No entanto, dissimulando o melhor que pude, disse-lhe:

— Senhor meu, sou moço e não me preocupo em comer muito, louvado seja Deus. Posso me gabar de ter, entre os iguais a mim, a melhor garganta, e por este motivo sempre fui elogiado pelos amos que tive.

— Essa é grande virtude — respondeu —, è por isso devo estimá-lo ainda mais. O fartar-se é para os porcos, e o comer moderadamente é qualidade dos homens de bem.[48]

"Entendi perfeitamente!" — disse comigo mesmo. — "Malditos remédio e bondade que esses amos que encontro encontram na fome!"

Retirei-me para um canto do portal e tirei do peito alguns pedaços de pão que tinham sobrado das esmolas. Ele, vendo isso, dirigiu-se a mim:

— Venha cá, rapaz. O que está comendo?

Aproximei-me e lhe mostrei o pão. Pegou um pedaço, o melhor e maior dos três que havia, e disse:

— Por minha vida! Este parece um bom pão!

— Agora ainda mais — disse eu. — Está bom, senhor?

— Sem dúvida — respondeu. — Onde você o conseguiu? Terá sido amassado por mãos limpas?[49]

— Isso não sei. Mas a mim não dá nojo o sabor que tem.

— Rogue a Deus por isso — disse o pobre do meu amo.

---

[48] Primeira menção, na narrativa de Lázaro, à categoria dos "homens de bem", que representam a antítese do pícaro, o protagonista dos romances picarescos, modalidade iniciada com o *Lazarillo*.

[49] Ver a nota 46.

Ya llevándolo a la boca, comenzó a dar en él tan fieros bocados como yo en lo otro.

— ¡Sabrosísimo pan está — dijo —, por Dios!

Y como le sentí de qué pie coxqueaba, dime prisa, porque le vi en disposición, si acababa antes que yo, se comediría a ayudarme a lo que me quedase. Y con esto acabamos casi a una. Comenzó a sacudir con las manos unas pocas de migajas, y bien menudas, que en los pechos se le habían quedado. Y entró en una camareta que allí estaba y sacó un jarro desbocado y no muy nuevo, y desque hubo bebido, convidome con él. Yo, por hacer del continente, dije:

— Señor, no bebo vino.

— Agua es — me respondió —. Bien puedes beber.

Entonces tomé el jarro y bebí. No mucho, porque de sed no era mi congoja.

Ansí estuvimos hasta la noche, hablando en cosas que me preguntaba, a las cuales yo le respondí lo mejor que supe. En este tiempo, metiome en la cámara donde estaba el jarro de que bebimos, y díjome:

— Mozo, párate allí y verás cómo hacemos esta cama, para que la sepas hacer de aquí adelante.

Púseme de un cabo y él del otro, y hecimos la negra cama, en la cual no había mucho que hacer, porque ella tenía sobre unos bancos un cañizo, sobre el cual estaba tendida la ropa, que, por no estar muy continuada a lavarse, no parecía colchón, aunque servía dél con harta menos lana que era menester. Aquel tendimos haciendo cuenta de ablandalle, lo cual era imposible, porque de lo duro mal se puede hacer blando. El diablo del enjalma maldita la cosa tenía den-

E, levando-o à boca, começou a dar-lhe mordidas tão ferozes como eu no outro pão.

— Por Deus, como está saboroso este pão! — exclamou.

Como percebi por onde ia a coisa, apressei-me, porque vi que ele tinha tanta disposição que, se acabasse antes de mim, com certeza iria ajudar-me a terminar o meu pão. Assim, acabamos quase ao mesmo tempo. Pôs-se ele a sacudir com as mãos as poucas migalhas, bem miúdas, que lhe haviam caído pelo peito. Entrou num quartinho ali perto e pegou um jarro desbeiçado e velho. Depois de beber, convidou-me a beber também e eu, fazendo-me de educado, respondi:

— Não bebo vinho, senhor.

— É água — respondeu. — Pode beber à vontade.

Tomei o jarro e bebi. Não muito, porque não era a sede o meu mal.

Assim estivemos até a noite, falando de coisas que me perguntava, às quais eu respondi da melhor forma que pude. Em certo momento, levou-me para o quarto onde estava o jarro do qual bebêramos e me disse:

— Rapaz, preste atenção e veja como se arruma esta cama, para que saiba fazê-la de agora em diante.

Coloquei-me de um lado e ele do outro e arrumamos a maldita cama. Não havia muito o que arrumar, porque a cama era formada por uns bancos e uma esteira de taquara, sobre a qual se estendia um acolchoado, que, por falta de lavagem, pouco se parecia a um colchão, embora fizesse o papel de um deles, mas com muito menos lã do que era necessário. Estendemos o colchão procurando afofá-lo, o que era impossível, pois o que é duro é difícil amolecer. O diabo do acolchoado tinha tão pouco enchimento que, esten-

tro de sí; que, puesto sobre el cañizo, todas las cañas se señalaban y parecíen a lo propio entrecuesto de flaquísimo puerco. Y[23] sobre aquel hambriento colchón un alfamar del mismo jaez, del cual el color yo no pude alcanzar.

    Hecha la cama y la noche venida, díjome:

    — Lázaro, ya es tarde, y de aquí a la plaza hay gran trecho. También, en esta ciudad andan muchos ladrones, que siendo de noche capean. Pasemos como podamos, y mañana, venido el día, Dios hará merced; porque yo, por estar solo, no estoy proveído; antes, he comido estos días por allá fuera; mas agora hacerlo hemos de otra manera.

    — Señor, de mí — dije yo — ninguna pena tenga Vuestra Merced, que bien sé pasar una noche y aun más, si es menester, sin comer.

    — Vivirás más y más sano — me respondió —, porque, como decíamos hoy, no hay tal cosa en el mundo para vivir mucho que comer poco.[24]

    "Si por esa vía es — dije entre mí —, nunca yo moriré, que siempre he guardado esa regla por fuerza, y aun espero, en mi desdicha, a tenella toda mi vida."

---

[23] *Y*: no original, *Si*.

[24] No original, as duas últimas frases aparecem separadas mediante um ponto, da seguinte maneira: "'Señor, de mí', dije yo, 'ninguna pena tenga Vuestra Merced, que bien sé pasar una noche y aun más, si es menester'. 'Sin comer vivirás más y más sano', me respondió, 'porque, como decíamos hoy, no hay tal cosa en el mundo para vivir mucho que comer poco'". Entendemos tratar-se de uma errata e corrigimos de acordo com todas as edições modernas que consultamos.

dido sobre a esteira, mostrava todas as taquaras e parecia, na verdade, o espinhaço de um porco magro. E sobre aquele colchão esfomeado, uma manta da mesma laia, cuja cor não pude adivinhar.

Arrumada a cama e chegada a noite, ele me disse:

— Lázaro, faz-se tarde e daqui até a praça há uma boa caminhada. Além disso, andam soltos por esta cidade muitos ladrões que, à noite, roubam a capa das pessoas. Passemos como pudermos e amanhã, quando raiar o dia, Deus haverá de nos prover. Eu, como vivo só, não tenho provisões em casa e estes dias venho comendo fora, mas agora teremos que fazê-lo de outro modo.

— Senhor — disse eu —, de mim não tenha pena Vossa Mercê, que sei passar muito bem uma noite, e até mais se for preciso, sem comer.

— Viverá mais e com mais saúde — respondeu-me —, porque, como falávamos hoje, não há coisa melhor no mundo para viver muito que comer pouco.

"Se for por esse caminho — pensei —, eu nunca morrerei, pois fui sempre forçado a guardar essa regra e ainda acredito, para minha desgraça, ter que obedecê-la por toda a vida."

Y acostose en la cama, poniendo por cabecera las calzas y el jubón, y mandome echar a sus pies, lo cual yo hice; mas maldito el sueño que yo dormí, porque las cañas y mis salidos huesos en toda la noche dejaron de rifar y encenderse; que con mis trabajos, males y hambre, pienso que en mi cuerpo no había libra de carne, y también, como aquel día no había comido casi nada, rabiaba de hambre, la cual con el sueño no tenía amistad. Maldíjeme mil veces (Dios me lo perdone) y a mi ruin fortuna, allí lo más de la noche; y lo peor, no osándome revolver por no despertalle, pedí a Dios muchas veces la muerte.

La mañana venida, levantámonos, y comienza a limpiar y sacudir sus calzas y jubón, sayo y capa. Y yo, que le servía de pelillo. Y vístese muy a su placer, de espacio. Echele aguamanos, peinose y púsose su espada en el talabarte, y al tiempo que la ponía, díjome:

— ¡Oh, si supieses, mozo, qué pieza es esta! No hay marco de oro en el mundo por que yo la diese. Mas ansí, ninguna de cuantas Antonio hizo no acertó a ponelle los aceros tan prestos como esta los tiene.

Y sacola de la vaina y tentola con los dedos, diciendo:

— ¿Vesla aquí? Yo me obligo con ella cercenar un copo de lana.[25]

---

[25] *copo de lana*: porção de lã disposta para a fiação. No original, aparece "poco", o que julgamos uma metátese em que se perderia parcialmente a hipérbole de ponderar o fio da espada pela possibilidade de cortar com ela uma porção de lã extremamente leve. Assim sendo, corrigimos de acordo com as demais edições de 1554.

Ele deitou-se na cama, usando como travesseiro as calças e o gibão, e mandou que me deitasse a seus pés, o que fiz. Maldito o sono que dormi, porque as taquaras e os meus ossos salientes não deixaram de brigar e se espetar a noite inteira. Pois com meus sacrifícios, males e fome, penso que em meu corpo não havia uma libra de carne; e como naquele dia não tinha comido quase nada, tremia de fome, a qual não se entendia com o sono. Ali deitado, maldisse mil vezes a mim mesmo (que Deus me perdoe) e a minha má fortuna, durante quase toda a noite. E o pior, não ousando me mover para não despertar meu amo, muitas vezes roguei a Deus que me desse a morte.

Quando amanheceu, levantamo-nos, e põe-se ele a limpar e sacudir as calças, o gibão, o saio e a capa. E eu, seu criado, de enfeite. Veste-se com prazer, vagarosamente. Derramei-lhe água nas mãos, penteou-se, colocou a espada no cinturão e, enquanto a ajeitava, disse-me:

— Se você soubesse, rapaz, que arma é esta! Não a trocaria por nenhum ouro do mundo.[50] E não é só isso. De todas as armas que Antonio[51] fez, em nenhuma conseguiu temperar o aço tão bem quanto nesta.

Sacou-a da bainha e tocou-lhe o fio com os dedos, dizendo:

— Vê esta lâmina? Com ela posso cortar um floco de lã.

---

[50] O "marco de oro" é uma medida igual a meia libra de ouro, o equivalente a 23.800 maravedis. A moeda de ouro mais conhecida da época, o escudo, correspondia a 1/68 de um marco. Ver, no final deste volume, a relação das moedas cunhadas no século XVI.

[51] Antonio: famoso armeiro que assina a espada do rei Fernando, o Católico, conservada na Armería Real de Madri.

Y yo dije entre mí: "Y yo con mis dientes, aunque no son de acero, un pan de cuatro libras".

Tornola a meter y ciñósela, y un sartal de cuentas gruesas del talabarte. Y con un paso sosegado y el cuerpo derecho, haciendo con él y con la cabeza muy gentiles meneos, echando el cabo de la capa sobre el hombro y a veces so el brazo, y poniendo la mano derecha en el costado, salió por la puerta diciendo:

— Lázaro, mira por la casa en tanto que voy a oír misa, y haz la cama y ve por la vasija de agua al río, que aquí bajo está, y cierra la puerta con llave, no nos hurten algo, y ponla aquí al quicio, por que, si yo viniere en tanto, pueda entrar.

Y súbese por la calle arriba, con tan gentil semblante y continente que quien no le conociera pensara ser muy cercano pariente al conde de Arcos, o a lo menos camarero que le daba de vestir.

"¡Bendito seáis vos, Señor — quedé yo diciendo —, que dais la enfermedad y ponéis el remedio! ¿Quién encontrará a aquel mi señor que no piense, según el contento de sí lleva, haber anoche bien cenado y dormido en buena cama, y aunque agora es de mañana, no le cuenten por bien almorzado? ¡Grandes secretos son, Señor, los que vos hacéis y las gentes ignoran! ¿A quién no engañará aquella buena disposi-

Disse para mim mesmo: "E eu com meus dentes, que não são de aço, um pão de quatro libras".

Voltou a embainhá-la, apertou o cinturão e nele dependurou um rosário de contas grossas. Com passos lentos e o corpo ereto, fazendo com ele e a cabeça gentis movimentos, jogando a ponta da capa às vezes sobre o ombro, às vezes embaixo do braço, com a mão direita nas costas, saiu porta afora dizendo:

— Lázaro, cuide da casa enquanto vou ouvir a missa. Arrume a cama e vá buscar um jarro de água no rio que corre ali embaixo. Feche a porta à chave, para que não nos roubem alguma coisa, e esconda-a aqui no batente, para que eu possa entrar se chegar antes.

E vai pela rua acima, com tão gentil aparência e garbo, que quem não o conhecesse pensaria tratar-se de um parente próximo do Conde de Arcos,[52] ou, pelo menos, o camareiro que o ajudava a vestir-se.

"Bendito seja o Senhor, meu Deus — fiquei pensando —, que dá a doença e também o remédio! Quem encontrará esse senhor meu amo e não pensará, pela pose que tem, que jantou bem ontem à noite, dormiu em boa cama e, ainda que seja de manhã, não dirá que já vai bem almoçado? Grandes são, Senhor, os mistérios que cria e que as pessoas desconhecem! A quem não enganará aquela boa

---

[52] Personagem de difícil identificação, já que o condado de Arcos passara a ducado em 1493. Pode tratar-se de uma confusão com o conde Claros de Montalbán, protagonista de um romance que começa "Medianoche era por filo", onde aparece a figura do "camarero que le daba de vestir". O original "conde Claros" teria se transformado, por erro do impressor, em "conde de Arcos", como rezam também as edições de Burgos e de Antuérpia, e em "conde Alarcos", como aparece na edição de Alcalá.

ción y razonable capa y sayo? ¿Y quién pensará que aquel gentilhombre se pasó ayer todo el día con aquel mendrugo de pan que su criado Lázaro trujo un día y noche en el arca de su seno, do no se le podía pegar mucha limpieza, y hoy, lavándose las manos y cara, a falta de paño de manos, se hacía servir de la halda del sayo? Nadie, por cierto, lo sospechará. ¡Oh, Señor, y cuántos de aquestos debéis vos tener por el mundo derramados, que padecen por la negra que llaman honra lo que por vos no sufrirán!"

Ansí estaba yo a la puerta, mirando y considerando estas cosas, hasta que el señor mi amo traspuso la larga y angosta calle. Torneme a entrar en casa, y en un credo la anduve toda, alto y bajo, sin hacer represa ni hallar en qué. Hago la negra y dura cama, y tomo el jarro, y doy conmigo en el río, donde en una huerta vi a mi amo en gran recuesta con dos rebozadas mujeres, al parecer de las que en aquel lugar no hacen falta, antes muchas tienen por estilo de irse a las mañanicas del verano a refrescar y almorzar, sin llevar qué, por aquellas frescas riberas, con confianza que no ha de faltar quien se lo dé, según las tienen puestas en esta costumbre aquellos hidalgos del lugar.

disposição e razoáveis capa e saio? Quem poderá imaginar que aquele gentil-homem passou todo o dia de ontem apenas com um pedaço de pão que seu criado Lázaro guardou, um dia e uma noite, na arca de seu peito, onde não poderia haver muita limpeza, e hoje, depois de lavar as mãos e o rosto, na falta de toalha, secou-se com a fralda do saio? Com certeza, ninguém poderá imaginar. Oh, Senhor, quantos desses deve haver espalhados pelo mundo, que padecem pela desgraça que chamam honra o que não padeceriam pelo Senhor!"[53]

Assim estive eu à porta, observando e considerando estas coisas, até que meu amo transpôs a longa e estreita rua. Tornei a entrar e, num credo, percorri a casa toda, de alto a baixo, sem nada que me estorvasse e sem nada encontrar. Arrumei a negra e dura cama, peguei o jarro e fui para o rio, onde, em uma horta, vi o meu amo em alegre prosa com duas mulheres encapuzadas,[54] aparentemente, daquelas que ali não faltam. Ao contrário, muitas delas têm o hábito de ir, pelas manhãzinhas do verão, refrescar-se e almoçar por aquelas frescas ribeiras sem nada levar, confiando em que não haverá de faltar quem lhes dê de comer, já que assim as têm acostumadas os fidalgos do lugar.

---

[53] Este terceiro amo de Lázaro é uma das mais célebres caricaturas da classe dos fidalgos que, sem ter agora a oportunidade de atuar, como seus antecessores, na luta contra os mouros, encontram-se sem meios para sobreviver, pois o fato de pertencerem à nobreza os faz se sentirem impedidos de trabalhar. Veem-se forçados, no entanto, a preservar as aparências de uma riqueza que não possuem.

[54] Tudo indica tratar-se de mulheres ditas "de vida fácil". Parece evidente, também, que o escudeiro mentira ao dizer que ia à igreja, fato que colabora para a comprovação de seu caráter mitômano.

Y como digo, él estaba entre ellas, hecho un Macías, diciéndoles más dulzuras que Ovidio escribió. Pero como sintieron dél que estaba bien enternecido, no se les hizo de vergüenza[26] pedirle de almorzar con el acostumbrado pago.

Él sintiéndose tan frío de bolsa cuanto caliente del estómago, tomole tal calofrío que le robó la color del gesto, y comenzó a turbarse en la plática, y a poner excusas no validas.[27] Ellas, que debían ser muy bien instituidas, como le sintieron la enfermedad, dejáronle para el que era.

Yo, que estaba comiendo ciertos tronchos de berzas, con los cuales me desayuné, con mucha diligencia, como mozo nuevo, sin ser visto de mi amo, torné a casa, de la cual pensé barrer alguna parte, que bien era menester; mas no hallé con qué. Púseme a pensar qué haría y pareciome esperar a mi amo hasta que el día demediase, y si viniese y por ventura trajese algo que comiésemos; mas en vano fue mi experiencia.[28]

Desque vi ser las dos y no venía y la hambre me aquejaba, cierro mi puerta y pongo la llave do mandó y tórnome a mi menester. Con baja y enferma voz

---

[26] *vergüenza*: no original, "vergunça". Modernizamos, e corrigimos de acordo com as demais edições de 1554.

[27] *validas*: mantemos a palavra como paroxítona, tal qual era pronunciada no século XVI. Modernamente: "válidas".

[28] *experiencia*: *Ve* corrige todas as edições de 1554 e registra "esperanza". Pode-se supor, como já foi dito, que o editor dela estivesse diante de uma edição anterior a 1554, hoje perdida, da qual constasse "esperanza". Preferimos manter o que consta do original que transcrevemos.

Como dizia, estava ele entre elas, feito um Macias,[55] dizendo-lhes mais doçuras que as que Ovídio[56] escreveu. E como perceberam que ele estava bem enternecido, não tiveram vergonha de pedir-lhe o almoço, em troca do costumeiro pagamento.

Ele, sentindo-se tão vazio de bolso como de estômago, sofreu tal calafrio, que perdeu a cor do rosto e começou a embaralhar a conversa e a inventar desculpas disparatadas. Elas, que deviam ser bastante espertas, assim que notaram sua enfermidade, deixaram-no abandonado.

Eu, que estava comendo uns talos de couve, com os quais quebrei o jejum, com muito cuidado, como jovem que era, sem ser visto pelo meu amo, voltei para casa disposto a varrer-lhe alguma parte, o que era bastante necessário, mas não achei com quê. Pus-me a pensar o que poderia fazer e resolvi esperar meu amo até o meio-dia, se ele regressasse e porventura trouxesse algo para comer. Mas foi em vão minha espera.

Ao ver que eram duas da tarde e ele não vinha e a fome apertava, fechei a porta, pus a chave no lugar combinado e retornei ao meu ofício. Com voz fraca e doentia, inclinando as mãos sobre o peito, os olhos postos em Deus e

---

[55] Macias: trovador galego do século XIV, que, por ter morrido de amor, segundo a tradição, tornou-se paradigma de homem apaixonado.

[56] Ovídio: Publius Ovidius Naso, poeta clássico latino (43 a.C.-18 d.C.) autor de célebres textos sobre o amor, como *Ars amatoria*, *Remedia amoris*, e *Amorum libri III*.

e inclinadas mis manos en los senos, puesto Dios ante mis ojos y la lengua en su nombre, comienzo a pedir pan por las puertas y casas más grandes que me parecía. Mas como yo este oficio le hobiese mamado en la leche, quiero decir que con el gran maestro el ciego lo aprendí, tan suficiente discípulo salí, que, aunque en este pueblo no había caridad ni el año fuese muy abundante, tan buena maña me di, que antes que el reloj diese las cuatro, ya yo tenía otras tantas libras de pan ensiladas en el cuerpo, y más de otras dos en las mangas y senos. Volvíme a la posada, y al pasar por la tripería, pedí a una de aquellas mujeres, y diome un pedazo de uña de vaca con otras pocas de tripas cocidas.

Cuando llegué a casa, ya el bueno de mi amo estaba en ella, doblada su capa y puesta en el poyo, y él paseándose por el patio. Como entré, vínose para mí. Pensé que me quería reñir la tardanza, mas mejor lo hizo Dios. Preguntome do venía. Yo le dije:

— Señor, hasta que dio las dos estuve aquí, y de que vi que Vuestra Merced no venía, fuime por esa ciudad a encomendarme a las buenas gentes, y hanme dado esto que veis.

Mostrele el pan y las tripas, que en un cabo de la halda traía, a lo cual él mostró buen semblante, y dijo:

— Pues esperado te he a comer, y de que vi que no veniste, comí. Mas tú haces como hombre de bien en eso, que más vale pedillo por Dios que no hurtallo. Y ansí Él me ayude como ello me parece bien, y solamente te encomiendo no sepan que vives conmigo, por lo que toca a mi honra, aunque bien creo que será se-

a língua em seu santo nome, comecei a pedir pão pelas portas e casas que me pareciam mais ricas. E como este ofício eu tinha mamado no leite, quero dizer, que o tinha aprendido com o grande mestre, o cego, saí tão bom discípulo que, embora nesta cidade não houvesse caridade e o ano não tivesse sido tão abundante, fui tão convincente que, antes que o relógio desse as quatro, eu já tinha outras tantas libras de pão escondidas pelo corpo e mais duas nas mangas e no peito. Voltei para casa e, ao passar por onde se vendem tripas, pedi algo para uma daquelas mulheres e ela deu-me um pedaço de pata de vaca e um pouco de tripas cozidas.

Quando cheguei em casa, já o meu bom amo ali estava. Sua capa repousava dobrada sobre a banqueta e ele passeava pelo pátio. Ao ver-me entrando, dirigiu-se a mim. Pensei que ia brigar comigo pela demora, mas Deus fez melhor. Perguntou-me de onde vinha e eu lhe respondi:

— Senhor, até as duas aqui estive e, quando vi que Vossa Mercê não voltava, saí por esta cidade a pedir ajuda às pessoas bondosas, que me deram isto que o senhor vê.

Mostrei-lhe o pão e as tripas, que trazia numa ponta da fralda da camisa, ao que ele fez boa cara e disse:

— Pois esperei você para almoçar e, como vi que não chegava, comi. Mas você procede como um homem de bem,[57] porque mais vale pedir pelo amor de Deus do que roubar. E que Deus me ajude, pois isso me parece bem. Só lhe peço que não diga que mora comigo, por causa da minha honra, embora acredite que não haverá problemas,

---

[57] Mais uma aparição do modelo do "homem de bem", do qual Lázaro procurará aproximar-se cada vez mais, mesmo que à custa de sua dignidade.

creto, según lo poco que en este pueblo soy conocido. ¡Nunca a él yo hubiera de venir!

— *Deso pierda, señor, cuidado* — *le dije yo* —, *que maldito aquel que ninguno tiene de pedirme esa cuenta, ni yo de dalla.*

—*Agora, pues, come, pecador, que, si a Dios place, presto nos veremos sin necesidad. Aunque te digo que después que en esta casa entré, nunca bien me ha ido. Debe ser de mal suelo, que hay casas desdichadas y de mal pie, que a los que viven en ellas pegan la desdicha. Esta debe de ser, sin duda, dellas; mas yo te prometo, acabado el mes, no quede en ella, aunque me la den por mía.*

Senteme al cabo del poyo, y por que no me tuviese por glotón, callé la merienda. Y comienzo a cenar y morder en mis tripas y pan, y disimuladamente miraba al desventurado señor mío, que no partía sus ojos de mis faldas, que aquella sazón servían de plato. Tanta lástima haya Dios de mí como yo había dél, porque sentí lo que sentía, y muchas veces había por eso pasado y pasaba cada día. Pensaba si sería bien comedirme a convidalle; mas, por me haber dicho que había comido, temíame no aceptaría el convite. Finalmente, yo deseaba que el pecador ayudase a su trabajo del mío y se desayunase como el día antes hizo, pues había mejor aparejo, por ser mejor la vianda y menos mi hambre.

pois sou muito pouco conhecido nesta cidade. Nunca deveria ter vindo viver aqui!

— Pode ficar tranquilo quanto a isso, senhor — disse-lhe eu —, porque ninguém tem que me pedir satisfações, nem eu que dá-las.

— Agora coma, pecador, pois, se Deus quiser, em breve estaremos livres das necessidades. Mas devo dizer que, desde que nesta casa entrei, nunca nada de bom me aconteceu. Talvez seja ruim o terreno onde está edificada, pois há casas desgraçadas e de mau agouro, que transmitem as desgraças às pessoas que nelas vivem. Esta deve ser, sem dúvida, uma delas. Juro que, acabado o mês, nela não fico nem que me seja dada de presente.

Sentei-me na beirada do banco de pedra e, para que não me tomasse por guloso, calei sobre a merenda. Comecei a comer e a morder as minhas tripas e o pão. Dissimuladamente, observava o meu desventurado senhor, que não tirava os olhos das fraldas de minha camisa, as quais, naquele momento, me serviam de prato. Que Deus tenha tanta pena de mim como a que eu tinha dele,[58] porque sabia o que ele sentia, já que muitas vezes tinha passado, e ainda passava a cada dia, pela mesma situação. Pensava se seria bom convidá-lo, mas, como havia dito que já comera, temia que não aceitasse o meu convite. Enfim, eu desejava que o infeliz se ajudasse com o meu trabalho e viesse comer como fizera no dia anterior, dado que agora as condições eram mais favoráveis por ser melhor a comida e menor a minha fome.

---

[58] O único caso de mínima solidariedade da parte de Lázaro é este da pena que ele sente pelo escudeiro.

Quiso Dios cumplir mi deseo, y aun pienso que el suyo; porque como comencé a comer y él se andaba paseando, llegose a mí y díjome:

— Dígote, Lázaro, que tienes en comer la mejor gracia que en mi vida vi a hombre, y que nadie te lo verá[29] hacer que no le pongas gana aunque no la tenga.

"La muy buena que tú tienes — dije yo entre mí — te hace parecer la mía hermosa."

Con todo, pareciome ayudarle pues se ayudaba y me abría camino para ello, y díjele:

— Señor, el buen aparejo hace buen artífice: este pan está sabrosísimo, y esta uña de vaca tan bien cocida y sazonada que no habrá a quien no convide con su sabor.

— ¿Uña de vaca es?

— Sí, señor.

— Dígote que es el mejor bocado del mundo, y que no hay faisán que ansí me sepa.

— Pues pruebe, señor, y verá qué tal está.

Póngole en las uñas la otra y tres o cuatro raciones de pan de lo más blanco, y asentóseme al lado y comienza a comer como aquel que lo había gana, royendo cada huesecillo de aquellos mejor que un galgo suyo lo hiciera.

— Con almodrote — decía — es este singular manjar.

"Con mejor salsa lo comes tú" — respondí yo paso.

---

[29] *verá*: no original, "vee". Corrigimos de acordo com *Bu* e com as edições modernas que consultamos.

Quis o bom Deus satisfazer o meu desejo e penso que também o seu, porque, tão logo comecei a comer, ele, que andava de um lado para outro, aproximou-se e disse:

—Lázaro, jamais vi alguém comer com tanta graça como você. E digo que, ao vê-lo, nenhum homem deixará de sentir vontade de comer, mesmo que não a tenha.

"A grande fome que você tem — falei para mim mesmo — faz a minha parecer bonita."

Contudo, pareceu-me melhor ajudá-lo, pois ele se ajudava e abria caminho para isso. Então lhe disse:

— Senhor, a boa ferramenta faz o bom artesão. Este pão está saborosíssimo e esta pata de vaca tão bem cozida e temperada, que não há quem possa resistir ao seu sabor.

— É pata de vaca?

— Sim, senhor.

— Pois digo a você que é o melhor bocado do mundo. Para mim, não há faisão que seja tão apetitoso quanto ela.

— Pois prove, senhor, e verá como está boa.

Ponho em suas mãos a pata de vaca, além de três ou quatro porções do pão mais branco, e ele, sentando-se a meu lado, começa a comer com muita vontade, roendo cada um daqueles ossinhos melhor do que o faria um de seus galgos.

— Com molho de azeite, alho e queijo — dizia — fica melhor ainda.

"O melhor molho é o que você tem" — respondi para mim mesmo.

— Por Dios, que me ha sabido como si no hubiera hoy comido bocado.

"¡Ansí me vengan los buenos años como es ello!" — dije yo entre mí.

Pidiome el jarro del agua, y díselo como lo había traído. Es señal que, pues no le faltaba el agua, que no le había a mi amo sobrado la comida. Bebimos y muy contentos nos fuimos a dormir como la noche pasada.

Y, por evitar prolijidad, desta manera estuvimos ocho o diez días, yéndose el pecador en la mañana con aquel contento y paso contado a papar aire por las calles, teniendo en el pobre Lázaro una cabeza de lobo.

Contemplaba yo muchas veces mi desastre: que, escapando de los amos ruines que había tenido y buscando mejoría, viniese a topar con quien no solo no[30] me mantuviese, mas a quien yo había de mantener. Con todo, le quería bien, con ver que no tenía ni podía más, y antes le había lástima que enemistad. Y muchas veces, por llevar a la posada con que él lo pasase, yo lo pasaba mal.

Porque una mañana, levantándose el triste en camisa, subió a lo alto de la casa a hacer sus menesteres, y en tanto yo, por salir de sospecha, desenvolvile el jubón y las calzas que a la cabecera dejó, y hallé una bolsilla de terciopelo raso, hecho cien dobleces y sin maldita la blanca ni señal que la hubiese tenido mucho tiempo.

---

[30] *no*: falta no original. A inclusão é exigida pelo sentido e, assim, corrigimos de acordo com *Al* e as edições modernas.

— Por Deus, comi como se hoje não tivesse posto nada na boca.

"Que a minha sorte seja tão grande como isso é verdade!" — disse eu comigo.

Pediu-me o jarro de água e entreguei-o tão cheio como o trouxera do rio. Era sinal de que, se não lhe faltava a água, ao meu amo também não lhe havia sobrado a comida. Bebemos e fomos dormir muito contentes, como na noite anterior.

Para evitar muitos pormenores, digo que assim estivemos oito ou dez dias. A cada manhã, ia o infeliz com aquele ar de felicidade e andar altivo a engolir vento pelas ruas, enquanto o pobre Lázaro esmolava comida por ele.

Contemplava eu muitas vezes minha desgraça, pois, havendo escapado dos amos ruins que tivera e procurando melhorar, viera topar com quem não só não me sustentava, mas a quem eu devia sustentar. Apesar disso, eu gostava dele. Vendo que nada tinha e nada podia fazer, sentia pena[59] e não raiva e muitas vezes, para levar para casa algo com que ele passasse bem, eu passava mal.

Ocorreu uma manhã que, levantando-se o infeliz em camisa, subiu ao alto da casa para fazer suas necessidades. Enquanto isso, para livrar-me de uma suspeita, revistei seu gibão e suas calças, que tinha deixado na cabeceira da cama. Só encontrei uma bolsinha de veludo, dobrada mais de cem vezes e sem uma maldita prata[60] nem sinal de que alguma vez a houvesse tido.

---

[59] Ver a nota 58.

[60] No original, *maldita la blanca*. Ver, ao final do volume, a relação das moedas cunhadas no século XVI.

"Este —decía yo— es pobre, y nadie da lo que no tiene; mas el avariento ciego y el malaventurado mezquino clérigo, que con dárselo Dios a ambos, al uno de mano besada y al otro de lengua suelta, me mataban de hambre; aquellos es justo desamar y aqueste es de haber mancilla."

Dios es testigo que hoy día, cuando topo con alguno de su hábito con aquel paso y pompa, le he lástima, con pensar si padece lo que aquel le vi sufrir. Al cual, con toda su pobreza, holgaría de servir más que a los otros por lo que he dicho. Solo tenía dél un poco de descontento: que quisiera yo que no tuviera tanta presunción, mas que abajara un poco su fantasía con lo mucho que subía su necesidad. Mas, según me parece, es regla ya entre ellos usada y guardada: aunque no haya cornado de trueco ha de andar el birrete en su lugar. El Señor lo remedie, que ya con este mal han de morir.

Pues estando yo en tal estado, pasando la vida que digo, quiso mi mala fortuna, que de perseguirme no era satisfecha, que en aquella trabajada y vergonzosa vivienda no durase. Y fue, como el año en esta tierra fuese estéril de pan, acordaron el Ayuntamiento que todos los pobres estranjeros se fuesen de la ciudad, con pregón que el que de allí adelante topasen fuese punido con azotes. Y así, ejecutando la ley, desde a cuatro días que el pregón se dio, vi llevar una

"Este — pensava eu — é pobre, e ninguém dá o que não tem. No entanto, o avarento cego e o maldito e mesquinho clérigo, que a ambos Deus ajudava, a um de mão beijada e ao outro pela língua solta, matavam-me de fome. É justo não gostar destes dois e do meu amo sentir pena." Deus é testemunha de que hoje em dia, quando encontro alguém de sua condição, com aquele passo e pompa, sinto pena, só de pensar que pode padecer o que vi aquele meu amo sofrer. A ele, com toda a sua pobreza, eu gostava mais de servir que aos outros, pelo que já contei. Dele tinha apenas uma queixa: gostaria que não fosse tão presunçoso, que abaixasse um pouco seu topete com o muito que subia sua necessidade. Mas, ao que parece, é esta uma regra por eles mantida e guardada. Mesmo que não tenham uma simples moeda de cobre,[61] devem andar com o topete levantado. Que o Senhor Deus os ajude, pois com esta doença hão de morrer.

Estando eu em tal situação, levando a vida que conto, quis minha má fortuna, ainda não satisfeita de me perseguir, que não continuasse vivendo daquela forma dura e vergonhosa. Isto porque, como o ano nessa terra fosse de pouco pão, a Municipalidade decidiu que todos os forasteiros pobres deviam deixar a cidade, com a sentença de que, dali em diante, quem fosse encontrado em tal situação seria punido com açoites. Assim, quatro dias depois de entrar em vigor tal lei, vi uma procissão de pobres sendo açoita-

---

[61] No original, "cornado": de "coronado", moeda de cobre, com uma quarta parte de prata, que levava gravada uma coroa (daí seu nome), cunhada no reino de Castela e Leão do fim do século XIII até o século XV e que ainda circulava como troco, já que equivalia a um terço da meia-branca, a moeda de menor valor cunhada no século XVI.

procesión de pobres azotando por las Cuatro Calles. Lo cual me puso tan gran espanto que nunca osé desmandarme a demandar.

Aquí viera, quien vello pudiera, la abstinencia de mi casa y la tristeza y silencio de los moradores della; tanto, que nos acaeció estar dos o tres días sin comer bocado ni hablar palabra. A mí diéronme la vida unas mujercillas hilanderas de algodón, que hacían bonetes y vivían par de nosotros, con las cuales yo tuve vecindad y conocimiento. Que de la lazeria que ellas tenían[31] me daban alguna cosilla, con la cual muy pasado me pasaba; y no tenía tanta lástima de mí como del lastimado de mi amo, que en ocho días maldito el bocado que comió; a lo menos en casa, bien los estuvimos sin comer. No sé yo cómo o dónde andaba y qué comía. ¡Y velle venir a mediodía la calle abajo, con estirado cuerpo, más largo que galgo de buena casta!

Y por lo que tocaba a su negra que dicen honra, tomaba una paja, de las que aun asaz no había en casa y salía a la puerta escarbando los que nada entre sí tenían, quejándose toda vía[32] de aquel mal solar diciendo:

— Malo está de ver, que la desdicha desta vivienda lo hace. Como ves, es lóbrega, triste, obscura. Mientras aquí estuviéremos, hemos de padecer. Ya deseo se acabe este mes por salir della.

---

[31] *que ellas tenían*: no original, "que les traía". Entendemos tratar-se de errata que *Al* corrige assim.

[32] *toda vía*: assim está no original, com o sentido, hoje desusado, de "siempre".

dos pelas Cuatro Calles.[62] Isso me causou um espanto tão grande, que nunca mais ousei sair para pedir esmolas.

Aqui veria, quem ver pudesse, a abstinência de minha casa e a tristeza e silêncio de seus moradores. Eram tão grandes, que nos aconteceu ficar dois ou três dias sem comer um bocado e nem pronunciar uma só palavra. Quem me salvou a vida foram umas mulherzinhas tecedeiras de algodão, que fabricavam barretes e moravam ao lado da nossa casa, com as quais mantive laços de vizinhança e conhecimento. Da miséria que ganhavam davam-me alguma coisinha, com a qual eu ia me virando. Contudo, não tinha tanta pena de mim quanto do meu desgraçado amo, que em oito dias não provou comida. Em casa, ao menos, não comemos nada, mas como e por onde andava ou o que comia, não saberia dizer. E vê-lo vir, ao meio-dia, rua abaixo, com o corpo estirado, mais longo que um galgo de boa raça!

E quanto à sua maldita honra, pegava uma palha, das poucas que havia pela casa, e saía à porta da rua palitando os dentes, que entre si nada tinham. Queixando-se sempre daquele solar funesto, dizia:

— É de espantar o azar que esta casa traz! Como você pode ver, é sinistra, triste e escura. Enquanto aqui vivermos, sofreremos. Não vejo a hora de que se acabe este mês para sair daqui.

---

[62] *Cuatro Calles*, no original, ou seja, "Quatro Ruas": encruzilhada entre a catedral e o Zocodover, em Toledo, numa área habitada por judeus, onde à época eram executadas as sentenças.

Pues estando en esta afligida y hambrienta persecución, un día, no sé por cuál dicha o ventura, en el pobre poder de mi amo entró un real, con el cual él vino a casa tan ufano como si tuviera el tesoro de Venecia, y con gesto muy alegre y risueño me lo dio diciendo:

— Toma, Lázaro, que Dios ya va abriendo su mano. Ve a la plaza, y merca pan y vino y carne: ¡quebremos el ojo al diablo! Y más te hago saber, por que te huelgues: que he alquilado otra casa, y en esta desastrada no hemos de estar más de en cumpliendo el mes. ¡Maldita sea ella y el que en ella puso la primera teja, que con mal en ella entré! Por Nuestro Señor, cuanto ha que en ella vivo, gota de vino ni bocado de carne no he comido, ni he habido descanso ninguno; mas ¡tal vista tiene y tal obscuridad y tristeza! Ve y ven presto, y comamos hoy como condes.

Tomo mi real y jarro, y a los pies dándoles prisa, comienzo a subir mi calle encaminando mis pasos para la plaza muy contento y alegre. Mas ¿qué me aprovecha, si está constituido en mi triste fortuna que ningún gozo me venga sin zozobra? Y ansí fue este, porque yendo la calle arriba, echando mi cuenta en lo que le emplearía, que fuese mejor y más provechosamente gastado, dando infinitas gracias a Dios que a mi amo había hecho con dinero, a deshora me vino al encuentro un muerto que por la calle abajo muchos clérigos y gente en unas andas traían. Arrimeme a la pared por darles lugar, y desque el cuerpo pasó, venían

Pois, estando ambos nessa atormentada e famélica situação, um dia, não sei por que sorte ou ventura, caiu em poder de meu amo um real,[63] com o qual ele chegou em casa tão feliz como se possuísse o tesouro de Veneza. Com uma expressão muito alegre e risonha, entregou-me a moeda, dizendo:

— Tome, Lázaro, que Deus já começa a abrir a mão. Vá à praça e compre pão, vinho e carne. Vamos matar o diabo! Também quero contar, para que você se alegre, que aluguei outra casa e só permaneceremos aqui até terminar o mês. Maldita seja esta casa e quem lhe pôs a primeira telha, porque fui desgraçado logo que nela entrei! Por Nosso Senhor, desde que aqui moro não provei uma gota de vinho ou um pedaço de carne e nem tenho descanso algum, tanto é o seu mau aspecto, sua escuridão e tristeza! Vá e volte correndo, que hoje vamos comer feito condes.

Pego o real e o jarro e, andando com toda a pressa, começo a subir a rua em direção à praça, muito alegre e contente. Mas para quê tudo isso, se está escrito em meu triste destino que nenhum gozo me venha sem aflição? Assim aconteceu, porque, indo eu rua acima, fazendo as contas sobre como melhor gastar aquele dinheiro para que fosse bem aproveitado, dando infinitas graças a Deus por tê-lo feito chegar às mãos do meu amo, em má hora topei com um morto, carregado rua abaixo em uma padiola, acompanhado de muitos clérigos e muita gente. Encostei-me à parede para dar passagem e, quando o corpo passou, notei

---

[63] Um real era a quantia habitualmente paga, à época, a um trabalhador braçal, por dia. Ver a nota 43.

luego par del lecho una que debía ser su mujer del difunto cargada de luto, y con ella otras muchas mujeres, la cual iba llorando a grandes voces y diciendo:

— *¡Marido y señor mío!, ¿adónde os me llevan? ¡A la casa triste y desdichada, a la casa lóbrega y obscura, a la casa donde nunca comen ni beben!*

Yo que aquello oí, juntóseme el cielo con la tierra, y dije: "¡Oh desdichado de mí! ¡Para mi casa llevan este muerto!".

Dejo el camino que llevaba y hendí por medio de la gente, y vuelvo por la calle abajo, a todo el más correr que pude, para mi casa; y entrando en ella, cierro a grande prisa, invocando el auxilio y favor de mi amo, abrazándome dél, que me venga ayudar y a defender la entrada. El cual, algo alterado, pensando que fuese otra cosa, me dijo:

— *¿Qué es esto, mozo? ¿Qué voces das? ¿Qué has? ¿Por qué cierras la puerta con tanta furia?*

— *¡Oh, señor* — *dije yo* —, *acuda aquí, que nos traen acá un muerto!*

— *¿Cómo así?* — *respondió él.*

— *Aquí arriba lo encontré, y venía diciendo su mujer: "¡Marido y señor mío!, ¿adónde os me llevan? ¡A la casa lóbrega y obscura, a la casa triste y desdichada, a la casa donde nunca comen ni beben!". Acá, señor, nos le traen.*

Y ciertamente, cuando mi amo esto oyó, aunque no tenía por qué estar muy risueño, rió tanto, que muy gran rato estuvo sin poder hablar. En este tiempo tenía ya yo echada el aldaba a la puerta y puesto el hombro en ella por más defensa. Pasó la gente con su muerto, y yo todavía me recelaba que nos le habían

ao lado do caixão uma mulher toda vestida de luto, que devia ser a viúva, e com ela várias outras mulheres. Ela vinha chorando aos gritos e dizendo:

— Meu marido e senhor, para onde o levam? Para a casa triste e desgraçada, para a lúgubre e escura mansão, para a casa onde nunca se come nem se bebe!

Ao ouvir aquilo, veio-me o céu abaixo e fiquei sem chão. Lamentei: "Ai, pobre de mim! É para a minha casa que levam esse morto!".

Abandonei a direção que seguia, cortei caminho pelo meio das pessoas e, voltando rua abaixo, corri o mais rapidamente que pude para casa. Ao entrar, tratei de fechar a porta com toda a pressa, clamando pela ajuda e proteção do meu amo. Abraçado a ele, pedia que me ajudasse a defender a entrada. Ele, algo assustado, pensando que fosse outra coisa, perguntou:

— O que é isso, rapaz? Que gritos são esses? Que aconteceu? Por que está fechando a porta com tanta fúria?

— Oh, senhor — disse eu —, acuda que estão trazendo um morto para a nossa casa!

— Como assim? — ele perguntou.

— Encontrei o morto ali em cima, e sua mulher vinha dizendo: "Meu marido e senhor, para onde o levam? Para a casa triste e desgraçada, para a lúgubre e escura mansão, para a casa onde nunca se come nem se bebe!". É para cá, meu amo, que estão trazendo o defunto!

Certamente meu amo, quando ouviu isso, ainda que não tivesse motivo para alegrias, riu tanto que por um bom tempo não pôde nem falar. Entretanto, eu já tinha posto a tranca na porta e a pressionava com o ombro, para maior defesa. As pessoas passaram carregando o morto e eu ainda receava que iriam trazê-lo para a nossa casa. E quando

de meter en casa. Y desque fue más harto de reír que de comer el bueno de mi amo, díjome:

— Verdad es, Lázaro; según la viuda lo va diciendo, tú tuviste razón de pensar lo que pensaste; mas, pues Dios lo ha hecho mejor y pasan adelante, abre, abre y ve por de comer.

— Déjalos, señor, acaben de pasar la calle — dije yo.

Al fin vino mi amo a la puerta de la calle y ábrela esforzándome, que bien era menester según el miedo y alteración, y me tornó a encaminar. Mas, aunque comimos bien aquel día, maldito el gusto yo tomaba en ello, ni en aquellos tres días torné en mi color. Y mi amo, muy risueño todas las veces que se le acordaba aquella mi consideración.

Desta manera estuve con mi tercero y pobre amo, que fue este escudero, algunos días, y en todos deseando saber la intención de su venida y estada en esta tierra, porque desde el primer día que con él asenté, le conocí ser estranjero, por el poco conocimiento y trato que con los naturales della tenía. Al fin se cumplió mi deseo y supe lo que deseaba, porque un día que habíamos comido razonablemente y estaba algo contento, contome su hacienda y díjome ser de Castilla la

já estava mais farto de rir do que de comer, meu bom amo me disse:

— É verdade, Lázaro; segundo o que a viúva vai dizendo, você teve razão em pensar o que pensou. Contudo, quis Deus que fosse de outra maneira e eles seguem em frente. Abra, abra essa porta e vá buscar o que comer.

— Deixe, senhor, que acabem de passar por nossa rua — pedi.

Por fim, meu amo foi até a porta e abriu-a, forçando-me, o que era necessário por causa do meu medo e agitação, a tomar de novo o caminho da rua. Mas, embora tivéssemos comido bem naquele dia, maldito seja o gosto que senti da comida, pois nem nos três dias seguintes recuperei a minha cor. E meu amo ria muito todas as vezes que se lembrava daquela história.

Assim, estive com meu terceiro e pobre amo, que foi esse escudeiro, vários dias, sempre querendo saber a razão de sua vinda e estada nesta terra, porque, desde o primeiro dia que com ele me assentei, vi que era forasteiro, pelo pouco conhecimento e trato que tinha com os naturais do lugar. Finalmente realizou-se a minha vontade e soube o que desejava, porque, um dia em que tínhamos comido razoavelmente e ele estava contente, contou-me sua vida.[64] Disse que era de Castela a Velha[65] e que tinha abandonado

---

[64] No original, "contome su hacienda": segundo críticos citados por Francisco Rico em sua edição do *Lazarillo de Tormes* (p. 98, n. 120), a oração seria um arcaísmo que, para os leitores da época, evocaria o *Amadís de Gaula*. Frases como esta e outras (ver, por exemplo, nota 68) explicitariam o sentido paródico dos livros de cavalaria presente na narrativa de Lázaro.

[65] Que o escudeiro seja oriundo de Castela a Velha apenas acentua a sátira do "mal de fidalguia" que afetava a sociedade. Nessa região, ao se for-

Vieja y que había dejado su tierra no más de por no quitar el bonete a un caballero su vecino.

— Señor — dije yo —, si él era lo que decís y tenía más que vos, ¿no errábades en no quitárselo primero, pues decís que él también os lo quitaba?

— Sí es, y tiene, y también me lo quitaba él a mí; mas, de cuantas veces yo se le quitaba primero, no fuera malo comedirse él alguna y ganarme por la mano.

— Paréceme, señor — le dije yo —, que en eso no mirara, mayormente con mis mayores que yo y que tienen más.

— Eres mochacho — me respondió — y no sientes las cosas de la honra, en que el día de hoy está todo el cabdal de los hombres de bien. Pues hágote saber que yo soy, como ves, un escudero, mas vótote a Dios, si al conde topo en la calle y no me quita muy bien quitado del todo el bonete, que otra vez que venga me sepa yo entrar en una casa, fingiendo yo en ella algún negocio, o atravesar otra calle, si la hay, antes que llegue a mí, por no quitárselo. Que un hidalgo no debe a otro que a Dios y al rey nada, ni es justo, siendo hombre de bien, se descuide un punto de

sua terra só para não tirar o chapéu para um cavalheiro vizinho seu.

— Senhor — disse eu —, se ele era tudo isso que diz e também mais rico, o senhor não estaria errado em não tirar o chapéu primeiro, já que afirma que ele também o tirava?

— Sim, ele era o que eu contei, tinha muitas posses e também tirava o chapéu para mim. Mas se tantas vezes eu o cumprimentava antes, não seria bom que ele se dispusesse a fazê-lo ao menos em uma ocasião?

— Acho, senhor — disse-lhe eu —, que no seu lugar eu não me preocuparia com esse problema, principalmente se as pessoas fossem superiores a mim e tivessem mais posses do que eu.

— Você é jovem — respondeu-me — e ainda não compreende o significado da honra, que, nos dias de hoje, é todo o cabedal dos homens de bem. Pois saiba você que eu sou, como pode ver, um escudeiro. Mas juro por Deus que, se encontro na rua um conde e ele não tira, muito bem tirado, o chapéu para mim, da próxima vez que o encontrar, vou desviar o caminho, entrar numa casa fingindo ir fazer algum negócio, ou dobrar uma esquina, se houver, antes que ele se aproxime de mim, para não ter que tirar o chapéu para ele. Porque um fidalgo não deve nada a ninguém, senão a Deus e ao rei. Nem é justo que, sendo homem de

---

marem na Idade Média (na frente da luta contra os muçulmanos) municípios que dependiam exclusivamente do rei, seus habitantes se consideravam senhores de si mesmos e, assim, definiram-se como fidalgos, isto é, nobres. Isso fez com que, durante séculos, tais indivíduos continuassem a exigir ser assim considerados, mesmo tendo empobrecido, como é o caso do escudeiro aqui representado.

tener en mucho su persona. Acuérdome que un día deshonré en mi tierra un oficial y quise poner en él las manos, porque cada vez que le topaba me decía: "Mantenga Dios a Vuestra Merced". Vos, don villano ruin — le dije yo —, ¿por qué no sois bien criado? ¿"Manténgaos Dios" me habéis de decir, como si fuese quienquiera? De allí en adelante, de aquí acullá, me quitaba el bonete y hablaba como debía.

— ¿Y no es buena maña de saludar un hombre a otro — dije yo — decirle que le mantenga Dios?

— ¡Mirá mucho de enhoramala! — dijo él. — A los hombres de poca arte dicen eso; mas a los más altos, como yo, no les han de hablar menos de: "Beso las manos de Vuestra Merced", o por lo menos: "Bésoos,[33] señor, las manos", si el que habla es caballero. Y ansí, de aquel de mi tierra que me atestaba de mantenimiento, nunca más le quise sufrir, ni sufriría, ni sufriré a hombre del mundo, del rey abajo, que "Mantengaos Dios" me diga.

"Pecador de mí — dije yo —, por eso tiene tan poco cuidado de mantenerte, pues no sufres que nadie se lo ruegue."

— Mayormente — dijo — que no soy tan pobre que no tengo en mi tierra un solar de casas, que a estar ellas en pie y bien labradas, diez y seis leguas de donde nací, en aquella Costanilla de Valladolid, valdrién mas de docientas[34] mil maravedís, según se podrían hacer grandes y buenas. Y tengo un palomar,

---

[33] No original, *besos*. Corrigimos para evitar a ambiguidade.

[34] *docientas mil maravedís*: entenda-se "doscientas [veces] mil maravedís".

bem, descuide-se um só momento de ter em grande conta sua pessoa. Lembro-me que, uma vez, desonrei em minha terra um artesão e quis sentar a mão nele, porque sempre que o encontrava ele me dizia: "Que Deus mantenha Vossa Mercê". "O senhor, dom vilão ruim — disse-lhe eu —, por que não é bem-educado? 'Que Deus mantenha Vossa Mercê' vem me dizer, como se eu fosse um qualquer?" Dali em diante, sempre a certa distância, ele tirava o seu chapéu e me cumprimentava como devia.

— E não é uma boa maneira de um homem saudar o outro dizer que Deus o mantenha? — perguntei.

— Cuidado com a língua! — respondeu ele. — Aos homens de baixa condição se diz isso. Já aos mais altos, como eu, não se pode saudar com menos de "Beijo as mãos de Vossa Mercê", ou pelo menos "Beijo, senhor, suas mãos", se quem cumprimenta é um cavalheiro. Desse modo, àquele de minha terra, que me acusava de ser mantido, nunca mais lhe permiti, não permitiria e nem permitirei a nenhum homem do mundo, do rei para baixo, que me diga "Deus mantenha Vossa Mercê".

"Pecador de mim — pensei —, por tal motivo Deus tem tão pouco cuidado em mantê-lo, pois não permite que ninguém rogue por isso."

— Principalmente — continuou ele — porque não sou tão pobre, já que tenho em minha terra um solar de casas que, se estivessem em pé e em bom estado, localizadas a dezesseis léguas do lugar onde nasci, naquela ladeira, a Costanilla de Valladolid,[66] valeriam mais de duzentos mil maravedis, porque poderiam ser grandes e boas. Tenho

---

[66] *Costanilla de Valladolid*: rua muito próspera da cidade de Valladolid (atual "calle de la Platería"), conhecida como lugar de residência de judeus.

que a no estar derribado como está, daría cada año más de docientos palominos. Y otras cosas que me callo, que dejé por lo que tocaba a mi honra. Y vine a esta cibdad, pensando que hallaríe un buen asiento, mas no me ha sucedido como pensé. Canónigos y señores de la Iglesia muchos hallo; mas es gente tan limitada que no los sacarán de su paso todo el mundo. Caballeros de media talla también me ruegan, mas servir con estos es gran trabajo, porque de hombre os habéis de convertir en malilla. Y si no, "andá con Dios" os dicen. Y las más veces son los pagamentos a largos plazos, y las más y las más ciertas, comido por servido. Ya cuando quieren reformar conciencia y satisfaceros vuestros sudores, sois librado en la recámara, en un sudado jubón o raída capa o sayo. Ya cuando asienta hombre con un señor de título, toda vía[35] pasa su lazeria. ¿Pues, por ventura, no hay en mí habilidad para servir y contentar a estos? Par Dios, si con él topase, muy gran su privado pienso que fuese, y que mil servicios le hiciese, porque yo sabría mentille tan bien como otro y agradalle a las mil maravillas; reílle hía[36] mucho[37] sus donaires y costumbres, aunque no fuesen las mejores del mundo; nunca decille cosa con que le pesase, aunque mucho le cumpliese; ser muy diligente en su persona, en dicho y hecho; no me matar por no hacer bien las cosas que él no había de

---

[35] Ver a nota 32.

[36] Há elipse deste auxiliar *hía* para a formação do futuro hipotético na série de infinitivos das orações seguintes.

[37] *mucho*: no original, "muchos". Entendemos tratar-se de errata e corrigimos seguindo as edições modernas que utilizamos.

também um pombal que, se não estivesse em ruínas como está, produziria a cada ano mais de duzentos filhotes.[67] E outras coisas mais que calo, tudo deixei pela questão da minha honra. Vim a esta cidade pensando que me assentaria bem, mas não foi como pensava. Encontro muitos cônegos e ministros da Igreja, mas é gente tão limitada que nada os afastará de seu estreito caminho. Cavalheiros medíocres solicitam meus serviços, mas servi-los seria muito difícil, já que eu deixaria de ser homem para converter-me em pau para toda obra e, se não fosse assim, "Vá com Deus", haveriam de dizer. Geralmente, o pagamento é a longo prazo e, na maioria das vezes, oferecem trabalho em troca da comida. Quando esses senhores querem apaziguar sua consciência e recompensar nosso suor, chamam-nos a um aposento e nos oferecem um gibão suado, uma capa puída ou um saio velho. Até quando se serve a um senhor de título, sempre se passa necessidade. Ora, acaso não há em mim habilidade suficiente para servir e contentar a essa gente? Por Deus, se eu encontrasse um senhor, penso que seria um bom criado privado e lhe prestaria mil serviços, porque saberia mentir tão bem como outro qualquer e o agradaria às mil maravilhas. Iria rir muito dos seus gracejos e costumes, mesmo que não fossem os melhores do mundo. Nunca lhe diria coisas desagradáveis, mesmo que fosse para seu próprio bem. Seria muito diligente com sua pessoa, em palavras e atos. Não me mataria para fazer bem aquilo que ele não iria ver e repreenderia a criadagem, quando ele pudesse ouvir, para parecer estar cuidando per-

---

[67] Além de muito rentável, a criação de pombos esteve durante a Idade Média reservada aos fidalgos; em 1552, ainda era controlada por legislação específica.

ver; y ponerme a reñir donde él lo oyese con la gente de servicio, por que pareciese tener gran cuidado de lo que a él tocaba; si riñiese con alguno su criado, dar unos puntillos agudos para le encender la ira, y que pareciesen en favor del culpado; decirle bien de lo que bien le estuviese, y por el contrario, ser malicioso mofador, malsinar a los de casa y a los de fuera, pesquisar y procurar de saber vidas ajenas para contárselas, y otras muchas galas desta calidad, que hoy día se usan en palacio y a los señores del parecen bien, y no quieren ver en sus casas hombres virtuosos, antes los aborrecen y tienen en poco y llaman necios, y que no son personas de negocios ni con quien el señor se puede descuidar. Y con estos los astutos usan, como digo, el día de hoy, de lo que yo usaría; mas no quiere mi ventura que le halle.[38]

Desta manera lamentaba también su adversa fortuna mi amo, dándome relación de su persona valerosa.

Pues estando en esto, entró por la puerta un hombre y una vieja. El hombre le pide el alquilé de la casa y la vieja el de la cama. Hacen cuenta, y de dos meses alcanzaron lo que él en un año no alcanzara. Pienso que fueron doce o trece reales. Y él les dio muy buena respuesta: que saldría a la plaza a trocar una pieza de a dos y que a la tarde volviesen; mas su salida fue sin vuelta.

---

[38] *Ve* suprime "que hoy día se usan (...) el día de hoy" e modifica assim a frase final para manter o nexo com o texto anterior: "de que yo usaría; mas no quiere mi ventura que halle con quien lo pueda hacer".

feitamente de seus interesses. Se acaso ele chamasse a atenção de algum criado, eu atiçaria sua ira com sutis alfinetadas, mas que parecessem em favor do culpado. Falaria bem do que para ele estivesse bem e, ao contrário, seria malicioso e gozador. Faria intrigas sobre os da casa e procuraria saber da vida alheia, para mantê-lo informado, e teria outros talentos deste quilate, que hoje em dia se usam em palácio e agradam muito aos senhores. Eles não querem ver em suas casas homens bons e virtuosos, que são, ao contrário, detestados e desprezados. Chamam-nos de tolos, dizem que não são gente boa para conviver e que não merecem a confiança do senhor. Assim agem os astutos, como digo, nos dias de hoje e é assim que eu procederia. Mas não quer a minha sorte que eu encontre um senhor desses.

Desta maneira também lamentava o meu amo sua má fortuna, dando-me notícias de sua valorosa pessoa.[68]

Nisso estávamos quando apareceram porta adentro um homem e uma velha. O homem pede ao meu amo que pague o aluguel da casa e a velha o da cama. Feitas as contas, pelo prazo de dois meses somaram uma quantia que ele não ganharia em um ano. Suponho que foram doze ou treze reais. Meu amo deu-lhes uma boa resposta, disse que iria à praça trocar uma moeda de dois castelhanos de ouro[69]

---

[68] No original: "dándome relación de su persona valerosa": fórmula própria dos livros de cavalaria. Assim, a confissão do escudeiro está emoldurada entre duas fórmulas cavaleirescas (cf. nota 64), o que acentua o caráter paródico do texto. Ver Francisco Rico em sua edição do *Lazarillo de Tormes* (p. 98, n. 120).

[69] *moeda de dois castelhanos de ouro*: no original, "pieza de a dos", moeda de ouro, de valor equivalente a 960 maravedis, ou seja, mais de 28 vezes o valor da moeda de prata de um "real" cuja posse provocara o júbilo do escudeiro pouco antes.

Por manera que a la tarde ellos volvieron, mas fue tarde. Yo les dije que aún no era venido. Venida la noche y él no, yo hube miedo de quedar en casa solo, y fuime a las vecinas y conteles el caso, y allí dormí. Venida la mañana, los acreedores vuelven y preguntan por el vecino, mas a estotra puerta. Las mujeres le responden:

— *Veis aquí su mozo y la llave de la puerta.*

Ellos me preguntaron por él, y díjeles que no sabía dónde estaba, y que tampoco había vuelto a casa desque salió a trocar la pieza y que pensaba que de mí y de ellos se había ido con el trueco.

Desque esto me oyeron, van por un alguacil y un escribano. Y helos do vuelven luego con ellos, y toman la llave, y llámanme, y llaman testigos, y abren la puerta, y entran a embargar la hacienda hasta ser pagados de su deuda. Anduvieron toda la casa, y halláronla desembarazada como he contado; y dícenme:

— *¿Qué es de la hacienda de tu amo, sus arcas y paños de pared y alhajas de casa?*

— *No sé yo eso* — *le respondí.*

— *Sin duda* — *dicen ellos* —, *esta noche lo deben de haber alzado y llevado a alguna parte. Señor alguacil, prended a este mozo, que él sabe dónde está.*

En esto vino el alguacil y echome mano por el collar del jubón, diciendo:

— *Mochacho, tú eres preso si no descubres los bienes deste tu amo.*

Yo, como en otra tal no me hubiese visto — *porque asido del collar sí había sido muchas veces, mas era mansamente dél trabado, para que mostrase el*

e pediu-lhes que voltassem à tarde. Mas quem não voltou foi ele.

Eles regressaram à tarde, mas foi tarde demais. Disse-lhes que meu amo ainda não tinha voltado. Tendo chegado a noite e ele não, tive medo de ficar em casa sozinho, fui às vizinhas, contei-lhes o caso e ali dormi. Na manhã seguinte, os credores voltaram e perguntaram por ele na casa das vizinhas. As mulheres responderam:

— Aqui está o criado dele e a chave da porta.

Perguntaram-me pelo meu amo e eu respondi que não sabia onde se encontrava, que não havia voltado para casa desde que saíra para trocar o dinheiro e que pensava que devia ter fugido, deles e de mim, com o troco.

Assim que ouviram isso, foram procurar um oficial de justiça e um escrivão. Eis que retornam acompanhados por eles, pegam a chave, chamam a mim e convocam testemunhas. Abrem a porta e entram para embargar os bens do meu amo até receberem o pagamento da dívida. Andaram por toda a casa, encontraram-na vazia, como já comentei, e dirigiram-se a mim:

— Que fim levaram os bens de seu amo, suas arcas, tapeçarias e móveis de casa?

— Nada sei disso — respondi-lhes.

— Sem dúvida — concluíram eles —, retiraram tudo durante a noite e levaram para outro lugar. Senhor oficial de justiça, prenda este moço, pois ele sabe onde tudo está.

Então o oficial de justiça aproximou-se e agarrou-me pela gola do gibão, dizendo:

— Rapaz, você está preso, se não revelar onde estão os bens de seu amo.

Eu, como nunca havia estado numa situação daquelas — porque agarrado pela gola, sim, fora muitas vezes, mas

camino al que no vía — *yo hube mucho miedo, y llorando prometile de decir lo que me preguntaban.*

— Bien está — dicen ellos *—. Pues di lo que sabes y no hayas temor.*

Sentose el escribano en un poyo para escrebir el inventario, preguntándome qué tenía.

— Señores — dije yo *—, lo que este mi amo tiene, según él me dijo, es un muy buen solar de casas y un palomar derribado.*

— Bien está — dicen ellos *—. Por poco que eso valga, hay para nos entregar de la deuda. ¿Y a qué parte de la ciudad tiene eso? —* me preguntaron.

— En su tierra — les respondí.

— Por Dios, que está bueno el negocio — dijeron ellos *—. ¿Y adónde es su tierra?*

— De Castilla la Vieja me dijo él que era — les dije.

Riéronse mucho el alguacil y el escribano, diciendo:

— Bastante relación es esta para cobrar vuestra deuda, aunque mejor fuese.

Las vecinas, que estaban presentes, dijeron:

— Señores, este es un niño inocente y ha pocos días que está con ese escudero, y no sabe dél más que vuesas mercedes, sino cuanto el pecadorcico se llega aquí a nuestra casa, y le damos de comer lo que podemos, por amor de Dios, y a las noches se iba a dormir con él.

Vista mi inocencia, dejáronme, dándome por libre. Y el alguacil y el escribano piden al hombre y a la mujer sus derechos. Sobre lo cual tuvieron gran contienda y ruido, porque ellos alegaron no ser obligados a pagar, pues no había de qué ni se hacía el embargo. Los otros decían que habían dejado de ir a otro nego-

com menos força, para mostrar o caminho ao cego —, tive muito medo e, chorando, prometi responder a tudo o que perguntassem.

— Está bem — disseram. — Conte então o que você sabe e não tenha medo.

Sentou-se o escrivão no banco de pedra para escrever o inventário e perguntou-me o que meu amo possuía.

— Senhores — disse eu —, o que o meu amo tem, segundo ele me contou, é um bom solar de casas e um pombal em ruínas.

— Muito bem — disseram eles. — Por pouco que valha, é suficiente para pagar a dívida. Em que parte da cidade ele tem isso? — perguntaram.

— Lá na terra dele — respondi.

— Por Deus, o negócio está ficando bom! — disseram. — E onde é a terra do seu amo?

— Ele disse-me que era em Castela a Velha — respondi.

O oficial de justiça e o escrivão riram muito, dizendo:

— É uma informação e tanto para cobrar a dívida! Como se não faltasse mais nada!

As vizinhas, que estavam presentes, disseram então:

— Senhores, este menino é inocente e faz pouco tempo que está servindo a esse escudeiro. Não saberá dele mais do que Vossas Mercês, porque o pobrezinho vinha a nossa casa e, por amor a Deus, dávamos-lhe de comer o que podíamos, e à noite ia dormir com seu amo.

Provada a minha inocência, deixaram-me em paz, dando-me por livre. O oficial de justiça e o escrivão cobraram do homem e da mulher seus honorários. Armou-se, então, uma contenda com muito barulho, porque eles alegavam que não eram obrigados a pagar já que, sem embargo, não havia com quê. Os outros contestavam que tinham

cio, que les importaba más, por venir a aquel. Finalmente, después de dadas muchas voces, al cabo carga un porquerón con el viejo alfamar de la vieja; y aunque no iba muy cargado, allá van todos cinco dando voces. No sé en qué paró. Creo yo que el pecador alfamar pagara por todos; y bien se[39] empleaba, pues el tiempo que había de reposar y descansar de los trabajos pasados, se andaba alquilando.

Así como he contado, me dejó mi pobre tercero amo, do acabé de conocer mi ruin dicha, pues, señalándose todo lo que podría contra mí, hacía mis negocios tan al revés, que los amos, que suelen ser dejados de los mozos, en mí no fuese ansí, mas que mi amo me dejase y huyese de mí.

TRATADO CUARTO[40]
Cómo Lázaro se asentó con un fraile de la Merced, y de lo que le acaeció con él

Hube de buscar el cuarto, y este fue un fraile de la Merced,[41] que las mujercillas que digo me encaminaron, al cual ellas llamaban pariente. Gran enemigo del coro y de comer en el convento, perdido por andar fuera, amicísimo de negocios seglares y visitar, tanto que pien-

---

[39] As edições modernas costumam indicar a necessidade de intercalar aqui a forma "le": "bien se le empleaba", que é como corrige Ve.

[40] Este tratado foi integralmente suprimido pela censura na edição Ve. Essa supressão se explica face ao retrato da conduta pouco ortodoxa do frade e também, possivelmente, em função do que se poderia ler, à época, nas entrelinhas do texto.

[41] A edição Al suprime a especificação "de la Merced", tanto

deixado de cuidar de outro negócio mais importante, para cuidar daquele. Por fim, depois de enorme gritaria, o oficial carregou o velho colchão da velha, ainda que não carregasse muita coisa. E, berrando, lá se foram os cinco embora. Não sei no que deu aquilo, mas penso que o pobre colchão pagou por todos. Se bem que ele mereceu, pois numa época em que devia descansar de tantas fadigas e trabalhos, ainda se permitia alugar.

Assim como contei, deixou-me o meu pobre terceiro amo, fazendo-me comprovar a minha má sorte que, voltando-se sempre contra mim, virava tudo do avesso. Tanto que, normalmente, os amos são abandonados pelos criados, e comigo isso não ocorreu: foi o meu amo quem me abandonou, fugindo de mim.

TRATADO QUARTO
De como Lázaro se assentou com um frade das Mercês e do que lhe aconteceu

Tive que procurar o quarto, e este foi um frade da Ordem das Mercês, a quem fui encaminhado por aquelas mulherzinhas, que o chamavam de parente.[70] Grande inimigo do coro e de comer no convento, louco pela vida das ruas, amicíssimo de negócios seculares e de fazer visitas, tanto andava que penso que arrebentava

---

[70] A noção de parentesco bem pode estar sendo usada para denunciar que, sendo este falso, serviria apenas para encobrir relações clandestinas entre o frade e as mulheres.

so que rompía él más zapatos que todo el convento. Este me dio los primeros zapatos que rompí en mi vida; mas no me duraron ocho días ni yo pude con su trote durar más. Y por esto y por otras cosillas que no digo, salí dél.

TRATADO QUINTO[42]
Cómo Lázaro se asentó con un buldero, y de las cosas que con él pasó

En el quinto por mi ventura di, que fue un buldero, el más desenvuelto y desvergonzado, y el mayor echador dellas que jamás yo vi ni ver espero, ni pienso nadie vio, porque tenía y buscaba modos y maneras y muy sotiles invenciones.

En entrando en los lugares do habían de presentar la bula, primero presentaba a los clérigos o curas

---

aqui como no título, sem dúvida no intuito de evitar a sátira direta aos membros dessa ordem que, segundo a crítica, poderiam ser malvistos quer devido à sua atuação na colonização da América, quer no seu trabalho de intermediação no resgate de cristãos cativos dos muçulmanos.

[42] Este quinto tratado foi igualmente suprimido na íntegra pela censura na edição *Ve*. Parece evidente que a forte denúncia do comércio das indulgências mediante a venda das bulas papais não poderia ser aceita pelo sistema, face à sua coincidência com as críticas feitas por Lutero à Igreja Católica Romana.

sozinho mais sapatos[71] que todo o convento. Foi ele quem me deu os primeiros sapatos que gastei na vida, que não me duraram mais que oito dias, nem eu pude com o trote dele durar mais. Por isso e por outras coisinhas que não digo, abandonei-o.[72]

TRATADO QUINTO
De como Lázaro se assentou com um buleiro e das coisas que com ele passou

Quis minha sorte que topasse com o quinto, que era um buleiro,[73] o mais esperto e desavergonhado de todos. Foi o maior vendedor de bulas que jamais vi, não espero tornar a ver e nem creio alguém haja visto igual, porque tinha modos muito especiais e inventava as formas mais sutis para vendê-las.

Ao chegar aos lugares onde havia de ser proclamada a bula, primeiro presenteava os clérigos ou padres com qual-

---

[71] Arrebentar sapatos: muitos críticos entendem que o "romper zapatos", do original, é usado com a conotação sexual que admitia à época, o que faria do frade o iniciador de Lázaro. Com efeito, a frase seguinte literalmente nos apresenta um adolescente que não consegue caminhar no ritmo de um adulto, o que parece improvável.

[72] A última frase intensifica o caráter enigmático das relações entre Lázaro e o frade.

[73] Um buleiro era um funcionário eclesiástico (podia ser um padre) que levava ao público decretos ou bulas do Papa pelos quais os fiéis que contribuíssem para uma determinada causa da Igreja (a cruzada contra os turcos, o resgate de cristãos cativos dos muçulmanos ou mesmo a conclusão da basílica de São Pedro, em Roma) ganhariam o perdão ou indulgência da pena temporária que, de acordo com a teologia católica, todo pecado acarretava, mesmo que o pecador tivesse obtido o perdão deste pela confissão. Caso contrário, essa pena — a menos que fosse compensada com outras boas obras — deveria ser paga após a morte com uma permanência no Purgatório, antes que a alma do fiel

algunas cosillas, no tampoco de mucho valor ni substancia: una lechuga murciana, si era por el tiempo, un par de limas o naranjas, un melocotón, un par de duraznos, cada sendas peras verdiñales. Así procuraba tenerlos propicios, porque favoreciesen su negocio y llamasen sus feligreses a tomar la bula. Ofreciéndosele a él las gracias, informábase de la suficiencia dellos. Si decían que entendían, no hablaba palabra en latín, por no dar tropezón, mas aprovechábase de un gentil y bien cortado romance y desenvoltísima lengua. Y si sabía[43] que los dichos clérigos eran de los reverendos, digo, que más con dineros que con letras y con reverendas se ordenan, hacíase entrellos un Santo Tomás y hablaba dos horas en latín. A lo menos que lo parecía, aunque no lo era.

Cuando por bien no le tomaban las bulas, buscaba cómo por mal se las tomasen, y para aquello hacía molestias al pueblo, y otras veces con mañosos artificios. Y porque todos los que le veía hacer sería largo de

---

[43] *sabía*: no original, *sabían*. Preferimos entender que se trata de uma errata (que *Al* corrige), conforme Caso e Rico.

quer coisa, sempre de pouco valor e importância: uma alface murciana, ou, se fosse a estação propícia, um par de limas ou laranjas, um marmelo, alguns pêssegos ou umas pêras verdes encontradas pelos caminhos. Dessa maneira, procurava ganhar-lhes a simpatia, para que favorecessem o seu negócio e chamassem os paroquianos para receber a bula. Quando agradeciam o obséquio, aproveitava para se informar sobre os conhecimentos que tinham. Se contavam que sabiam latim, não falava uma palavra sequer nessa língua, para evitar tropeços, mas utilizava um belo e retórico vernáculo, compondo um fluente linguajar. E, se percebia que os ditos clérigos eram daqueles reverendos[74] que se ordenam mais com dinheiro do que com estudos e devoções, transformava-se diante deles num São Tomás e falava duas horas em latim, ou pelo menos parecia falar, embora não o fizesse.

Quando o povo não aceitava as bulas por bem, fazia com que as aceitasse por mal. Para tanto, algumas vezes até molestava as pessoas, ou empregava estratégias ardilosas.

---

pudesse ser levada ao Paraíso. A esmola, preço da adesão à bula, era habitualmente de uns dois reais, quantia nada pequena para o povo. Os buleiros ganhavam uma comissão sobre cada adesão à bula. Assim, recorriam a todo tipo de astúcias, pressões e trapaças para obter a contribuição dos fiéis, como a narrativa de Lázaro denuncia. Como é sabido, a venda de indulgências foi uma das razões invocadas por Lutero, em 1517, para sua posterior ruptura com a Igreja Romana, em 1520.

[74] *reverendos*: alusão irônica aos clérigos que recebiam as ordens sacerdotais fora de sua diocese, mediante a apresentação de uma carta do bispo da diocese originária, carta que bem poderia ter sido comprada para suprir a ignorância do interessado. Essas cartas eram chamadas de "reverendas", como logo depois se diz no original, por começarem habitualmente pelo tratamento do seu destinatário com a fórmula "Reverendo en Cristo, Padre".

contar, diré uno muy sotil y donoso, con el cual probaré bien su suficiencia.

En un lugar de la Sagra de Toledo había predicado dos o tres días, haciendo sus acostumbradas diligencias, y no le habían tomado bula, ni a mi ver tenían intención de se la tomar. Estaba dado al diablo con aquello y, pensando qué hacerse, acordó de convidar al pueblo para otro día de mañana despedir la bula. Y esa noche, después de cenar, pusiéronse a jugar la colación él y el alguacil; y sobre el juego vinieron a reñir y a haber malas palabras. Él llamó al alguacil ladrón, y el otro a él falsario. Sobre esto, el señor comisario, mi señor, tomó un lanzón que en el portal do jugaban estaba. El alguacil puso mano a su espada, que en la cinta tenía. Al ruido y voces que todos dimos, acuden los huéspedes y vecinos y métense en medio. Y ellos, muy enojados, procurándose de desembarazar de los que en medio estaban, para se matar. Mas como la gente a gran ruido cargase y la casa estuviese llena della, viendo que no podían afrentarse con las armas, decíanse palabras injuriosas, entre las cuales el alguacil dijo a mi amo que era falsario y las bulas que predicaba eran falsas. Finalmente, que los del pueblo, viendo que no bastaban a ponellos en

Como levaria muito tempo contar todas as que eu o vi aplicar, tratarei apenas de um caso, muito engenhoso e engraçado, com o qual se pode comprovar sua esperteza.

Num lugar da Sagra de Toledo,[75] ele havia predicado dois ou três dias, fazendo as costumeiras diligências, sem que lhe tivessem comprado uma bula sequer nem mostrassem a menor intenção de recebê-la, segundo me pareceu. Ele estava enfurecido com aquilo e, pensando sobre o que fazer, decidiu convidar o povo para distribuir a bula na manhã seguinte. Nessa noite, depois da ceia, ele e o oficial de justiça[76] puseram-se a jogar, para decidir quem pagaria a refeição. Por causa do jogo, brigaram e discutiram aos palavrões. Ele chamou o oficial de ladrão e este o chamou de falsário. Por isto, o senhor comissário, meu amo, pegou uma grande lança que estava ali no portal da casa onde jogavam e o oficial, por sua vez, levou a mão à espada que trazia na cintura. Por causa dos gritos e do barulho que fizemos, acudiram outros hóspedes e vizinhos, na tentativa de separar os dois. Eles, com muita raiva, procuravam livrar-se das pessoas para continuarem a briga até a morte. A barulheira atraiu muita gente. Como a casa ficasse cheia, vendo que não poderiam se enfrentar com as armas, insultavam-se com palavras injuriosas. Repetia o oficial que meu amo era um falsário e que as bulas que apregoava eram falsas. Por fim, os da terra, vendo que não conseguiriam apaziguá-los, tiraram o oficial de justiça da

---

[75] *Sagra de Toledo*: região situada a nordeste de Toledo.

[76] A referência à personagem do meirinho mediante o artigo definido ("el alguacil" e não "un alguacil", no original) contribui para entendermos que era habitual que um oficial de justiça acompanhasse os buleiros.

paz, acordaron de llevar al alguacil de la posada a otra parte. Y así quedó mi amo muy enojado. Y después que los huéspedes y vecinos le hubieron rogado que perdiese el enojo y se fuese a dormir, se fue,[44] y así nos echamos todos.

La mañana venida, mi amo se fue a la iglesia y mandó tañer a misa y al sermón para despedir la bula. Y el pueblo se juntó; el cual andaba murmurando de las bulas, diciendo cómo eran falsas y que el mismo alguacil, riñendo, lo había descubierto. De manera que, atrás que tenían mala gana de tomalla, con aquello del todo la aborrecieron.

El señor comisario se subió al púlpito, y comienza su sermón y animar la gente a que no quedasen sin tanto bien y indulgencia como la santa bula traía. Estando en lo mejor del sermón, entra por la puerta de la iglesia el alguacil, y desque hizo oración, levantose, y con voz alta y pausada, cuerdamente comenzó a decir:

— Buenos hombres, oídme una palabra, que después oiréis a quien quisierdes. Yo vine aquí con este echacuervo que os predica, el cual me engañó y dijo que le favoreciese en este negocio y que partiríamos la ganancia. Y agora, visto el daño que haría a mi conciencia y a vuestras haciendas, arrepentido de lo hecho, os declaro claramente que las bulas que predica son falsas y que no le creáis ni las toméis, y que

---

[44] *se fue*: falta, no original, bem como em *An* e em *Al*. A edição de *Bu* corrige incluindo a frase, o que entendemos deve ser aceito.

pousada e o levaram para outro local. Com isto, meu amo ficou ainda mais irritado. Só com muito esforço os hóspedes e vizinhos chegaram a acalmá-lo, rogando-lhe que fosse dormir, o que ele fez. E assim pudemos todos recolher-nos também.

Na manhã seguinte, meu amo dirigiu-se à igreja e mandou tocar os sinos para a missa e o sermão, com o fim de distribuir a bula. Juntou-se ali o povo, que já andava comentando sobre as bulas, dizendo que eram falsas e que o próprio oficial de justiça, durante a briga, havia feito a revelação. De maneira que, se antes não tinham vontade de recebê-las, com todo aquele escândalo, não queriam nem ouvir falar delas.

O senhor comissário subiu ao púlpito e deu início ao seu sermão, animando as pessoas a não perderem tanto bem e indulgência que a santa bula lhes trazia. Estando na melhor parte do sermão, entrou pela porta da igreja o oficial de justiça. Assim que acabou de rezar, levantou-se e, com voz alta e pausada, começou a dizer tranquilamente:

— Boa gente, ouçam apenas uma palavra minha, para depois ouvirem a quem quiserem. Vim a este lugar com esse mentiroso que está aí pregando. Ele enganou-me com a proposta de que lhe favorecesse no negócio, que depois repartiríamos os ganhos. Mas agora, vendo o dano que isso causaria à minha consciência e às economias de todos, arrependido do que fiz, declaro-lhes abertamente que as bulas que predica são falsas, que não se pode acreditar nele e nem aceitá-las e que eu, seja direta ou indiretamente,[77] não

---

[77] No original, "*directe* ni *indirecte*": expressão que constituía uma fórmula jurídica.

yo, directe ni indirecte, no soy parte en ellas, y que desde agora dejo la vara y doy con ella en el suelo. Y si en algún tiempo este fuere castigado por la falsedad, que vosotros me seáis testigos cómo yo no soy con él ni le doy a ello ayuda, antes os desengaño y declaro su maldad.

Y acabó su razonamiento. Algunos hombres honrados que allí estaban se quisieron levantar y echar al alguacil fuera de la iglesia, por evitar escándalo. Mas mi amo les fue a la mano y mandó a todos que, so pena de excomunión, no le estorbasen, mas que le dejasen decir todo lo que quisiese. Y así, él también tuvo silencio mientras el alguacil dijo todo lo que he dicho. Como calló, mi amo le preguntó si quería decir más, que lo dijese. El alguacil dijo:

— Harto más hay que decir de vos y de vuestra falsedad; mas por agora basta.

El señor comisario se hincó de rodillas en el púlpito y, puestas las manos y mirando al cielo, dijo así:

— Señor Dios, a quien ninguna cosa es escondida, antes todas manifiestas, y a quien nada es imposible antes todo posible: tú sabes la verdad y cuán injustamente yo soy afrentado. En lo que a mí toca, yo lo perdono, por que tú, Señor, me perdones. No mires a aquel que no sabe lo que hace ni dice, mas la injuria a ti hecha te suplico, y por justicia te pido, no disimules, porque alguno que está aquí, que por ventura pensó tomar aquesta santa bula y, dando crédito a las falsas palabras de aquel hombre, lo dejará de hacer; y pues es tanto perjuicio del prójimo, te suplico yo, Señor, no lo disimules, mas luego muestra aquí milagro, y sea desta manera: que si es verdad lo que aquel

faço parte desse negócio. Para que me creiam, desde já abandono a vara da justiça e jogo-a no chão. Se algum dia ele for castigado por sua falsidade, que sejam testemunhas de que nada tenho a ver com ele e nem o ajudo. Muito pelo contrário, estou alertando a todos e denunciando a sua maldade.

Dessa maneira acabou seu discurso. Alguns homens honrados que ali estavam quiseram levantar-se e pôr o oficial de justiça para fora da igreja a fim de evitar escândalo, mas meu amo levantou-se e interferiu. Ordenou a todos, sob pena de excomunhão, que não o perturbassem e que lhe permitissem dizer tudo o que quisesse. Calou-se ele próprio e, assim, o oficial de justiça pôde dizer tudo isso que acabei de contar. Quando terminou, meu amo perguntou-lhe se queria dizer mais alguma coisa e deu lugar a que o fizesse. Ele então respondeu:

— Muito mais haveria que dizer a seu respeito e da sua falsidade, mas por agora basta.

O senhor comissário, meu amo, caiu de joelhos no púlpito e, com as mãos postas e olhando para o céu, assim se pronunciou:

— Senhor Deus, a quem nada se pode esconder, pelo contrário, para quem tudo é manifesto; a quem nada é impossível, antes tudo é possível: o senhor sabe a verdade e quão injustamente eu sou ofendido. De minha parte, eu o perdoo, para que o Senhor, meu Deus, também me perdoe. Não olhe para aquele que não sabe o que faz ou o que diz, mas a injúria que é feita ao Senhor eu suplico e, em nome da justiça, peço que não seja perdoada. Porque alguns dos que aqui estão, se porventura pensaram receber esta santa bula, dando crédito às falsas palavras desse homem, deixarão de fazê-lo. Como será grande o prejuízo do próximo,

dice y que yo traigo maldad y falsedad, este púlpito se hunda conmigo y meta siete estados debajo de tierra, do él ni yo jamás parezcamos; y si es verdad lo que yo digo y aquel, persuadido del demonio (por quitar y privar a los que están presentes de tan gran bien), dice maldad, también sea castigado, y de todos conocida su malicia.

Apenas había acabado su oración el devoto señor mío, cuando el negro alguacil cae de su estado y da tan gran golpe en el suelo que la iglesia toda hizo resonar, y comenzó a bramar y echar espumajos por la boca y torcella y hacer visajes con el gesto, dando de pie y de mano, revolviéndose por aquel suelo a una parte y a otra.

El estruendo y voces de la gente era tan grande que no se oían unos a otros. Algunos estaban espantados y temerosos. Unos decían: "El Señor le socorra y valga". Otros: "Bien se le emplea, pues levantaba tan falso testimonio". Finalmente, algunos que allí estaban, y a mi parecer no sin harto temor, se llegaron y le trabaron de los brazos, con los cuales daba fuertes puñadas a los que cerca dél estaban. Otros le tiraban por las piernas y tuvieron reciamente, porque no había mula falsa en el mundo que tan recias coces tirase. Y así le tuvieron un gran rato, porque más de quince hombres estaban sobre él, y a todos daba las manos llenas y, si se descuidaban, en los hocicos.

A todo esto, el señor mi amo estaba en el púlpito de rodillas, las manos y los ojos puestos en el cielo, trasportado en la divina esencia, que el planto y ruido y voces que en la iglesia había no eran parte para apartalle de su divina contemplación.

eu suplico, Senhor Deus, não esqueça essa injúria e, por favor, faça um milagre. E que seja da seguinte forma: se é verdade o que esse homem diz, que eu trago a maldade e a falsidade, que este púlpito caia e se afunde comigo sete palmos debaixo da terra, onde nem ele nem eu jamais voltemos a ser vistos. Mas, se é verdade o que eu digo e ele, persuadido pelo demônio a prejudicar e privar os que estão aqui presentes de tão alto benefício, diz falsidades, que seja punido e conhecida por todos a sua má-fé.

Mal havia terminado sua oração o meu devoto senhor, quando o malfadado oficial de justiça caiu por terra. Deu um golpe tão grande no chão, que ressoou por toda a igreja. Começou a bramar e a soltar espuma pela boca, a torcê-la e fazer caretas, debatendo-se e rolando de um lado para outro no chão.

O estrondo e os gritos do povo eram tão fortes, que ninguém podia escutar ninguém. Alguns estavam espantados e temerosos, outros pediam: "Socorro, Senhor, acuda!". Outros diziam: "É bem feito, por ter levantado falso testemunho". Finalmente, alguns dos presentes, embora com grande temor, como me pareceu, aproximaram-se e lhe agarraram os braços, com os quais ele dava violentos murros nos que estavam por perto. Outros puxaram-no pelas pernas, segurando-as com bastante força, porque parecia uma mula raivosa pela quantidade de coices que dava. Mantiveram-no preso dessa forma por um bom tempo porque, apesar de se lançarem sobre ele mais de quinze homens, continuava distribuindo socos a todos e, se se descuidassem, acertava-lhes as fuças.

Enquanto isso, o senhor meu amo permanecia ajoelhado no púlpito, mãos e olhos erguidos para o céu, tão enlevado pela divina essência que a choradeira, os gritos e o

Aquellos buenos hombres llegaron a él, y dando voces le despertaron y suplicaron quisiese socorrer a aquel pobre que estaba muriendo, y que no mirase a las cosas pasadas ni a sus dichos malos, pues ya dellos tenía el pago; mas, si en algo podría aprovechar para librarle del peligro y pasión que padecía, por amor de Dios lo hiciese, pues ellos veían clara la culpa del culpado y la verdad y bondad suya, pues a su petición y venganza el Señor no alargó el castigo.

El señor comisario, como quien despierta de un dulce sueño, los miró, y miró al delincuente y a todos los que alrededor estaban, y muy pausadamente les dijo:

— Buenos hombres, vosotros nunca habíades de rogar por un hombre en quien Dios tan señaladamente se ha señalado; mas pues él nos manda que no volvamos mal por mal y perdonemos las injurias, con confianza podremos suplicarle que cumpla lo que nos manda y su majestad perdone a este que le ofendió poniendo en su santa fe obstáculo. Vamos todos a suplicalle.

Y así bajó del púlpito y encomendó aquí muy devotamente suplicasen a nuestro Señor tuviese por bien de perdonar a aquel pecador y volverle en su salud y sano juicio y lanzar dél el demonio, si Su Majestad había permitido que por su gran pecado en él entrase.

Todos se hincaron de rodillas, y delante del altar, con los clérigos, comenzaban a cantar con voz baja una letanía. Y viniendo él con la cruz y agua bendita, después de haber sobre él cantado, el señor mi amo, puestas las manos al cielo y los ojos que casi nada se

tumulto que ecoavam pela igreja não eram suficientes para arrancá-lo de sua divina contemplação. Então, aqueles bons homens se aproximaram dele e, despertando-o aos gritos, suplicaram-lhe que socorresse aquele pobre desgraçado que estava morrendo e que lhe desculpasse as coisas passadas e as maldosas palavras, porque por tudo já havia pagado. Assim, se algo pudesse fazer para livrar o infeliz do perigo e sofrimento que padecia, por amor a Deus o fizesse, pois viam claramente a culpa do culpado e a verdade e bondade dele, o comissário, já que, a seu pedido e vingança, não tardara Deus em castigar o pecador.

O senhor comissário, como quem desperta de um doce sonho, olhou para eles, observou o delinquente e, voltando-se para todos os que estavam ali ao seu redor, muito pausadamente lhes disse:

— Bons homens, vocês nunca deveriam pedir por um ser em quem Deus tão vivamente se revelou. Mas, como Ele nos ensina que não paguemos o mal com o mal e que perdoemos as injúrias, com confiança poderemos suplicar a Sua majestade que cumpra aquilo que nos manda fazer e que perdoe a este pecador, que o ofendeu colocando obstáculos a sua santa fé. Vamos todos rogar ao Senhor.

Assim, desceu do púlpito e recomendou que, com muita devoção, suplicassem a Nosso Senhor que houvesse por bem perdoar àquele pecador, devolver-lhe a saúde e o juízo perfeito e expulsar dele o demônio, se Sua Majestade tinha permitido que, por seu grande pecado, nele entrasse.

Todos caíram de joelhos e, diante do altar, com os clérigos, começaram a cantar uma ladainha em voz baixa. E veio o senhor meu amo com a cruz e a água benta e, depois de ter cantado sobre o infeliz, erguendo para o céu as mãos

le parecía sino un poco de blanco, comienza una oración no menos larga que devota, con la cual hizo llorar a toda la gente, como suelen hacer en los sermones de Pasión, de predicador y auditorio devoto, suplicando a nuestro Señor, pues no quería la muerte del pecador, sino su vida y arrepentimiento; que aquel encaminado por el demonio y persuadido de la muerte y pecado le quisiese perdonar y dar vida y salud, para que se arrepintiese y confesase sus pecados.

Y, hecho esto, mandó traer la bula, y púsosela en la cabeza; y luego el pecador del alguacil comenzó poco a poco a estar mejor y tornar en sí. Y desque fue bien vuelto en su acuerdo, echose a los pies del señor comisario y, demandándole perdón, confesó haber dicho aquello por la boca y mandamiento del demonio: lo uno, por hacer a él daño y vengarse del enojo; lo otro y más principal, porque el demonio recibía mucha pena del bien que allí se hiciera en tomar la bula.

El señor mi amo le perdonó y fueron hechas las amistades entre ellos. Y a tomar la bula hubo tanta prisa, que casi ánima viviente en el lugar no quedó sin ella: marido y mujer, e hijos e hijas, mozos y mozas.

Divulgose la nueva de lo acaecido por los lugares comarcanos, y cuando a ellos llegábamos no era menester sermón ni ir a la iglesia, que a la posada la venían a tomar, como si fueran peras que se dieran de balde. De manera que, en diez o doce lugares de aquellos alrededores donde fuimos, echó el señor mi amo otras tantas mil bulas sin predicar sermón.

Cuando se hizo el ensayo, confieso mi pecado, que también fui dello espantado y creí que así era,

e os olhos, dos quais não se via senão um pouquinho do branco, começou uma oração tão longa e piedosa, que fez todo mundo chorar, como costuma acontecer nos sermões da Paixão, quando pregador e auditório são devotos. Suplicava a Nosso Senhor, pois não queria a morte do pecador, mas sua vida e arrependimento. Rogava-Lhe que perdoasse e desse vida e saúde àquele que estava dominado pelo demônio e persuadido pela morte, para que pudesse se arrepender e confessar seus pecados.

Feito isto, mandou trazer a bula e colocou-a sobre a cabeça do oficial de justiça. Pouco a pouco, ele começou a melhorar e a voltar a si. Assim que recobrou inteiramente os sentidos, atirou-se aos pés do senhor comissário e, pedindo-lhe perdão, confessou ter dito tudo o que disse pela boca e por ordem do próprio demônio. Primeiro, para fazer-lhe mal e vingar-se do agravo, mas, principalmente, porque o demônio padecia com o bem que se faria àquela gente, se recebessem a santa bula.

O senhor meu amo o perdoou e fizeram as pazes. Com isso, houve tanta pressa em tomar a bula, que praticamente não ficou viva alma no local sem recebê-la: marido e mulher, filhos e filhas, rapazes e moças.

Espalhou-se a notícia do acontecimento por todos os lugares da região, e, quando chegávamos a algum deles, nem era necessário fazer sermão ou ir à igreja, porque todos vinham à pousada receber a bula, como se fossem pêras que se davam de graça. De modo que, em dez ou doze lugares daquelas redondezas onde estivemos, distribuiu o senhor meu amo outras tantas mil bulas sem fazer um sermão sequer.

Quando se armou aquela farsa, confesso meu pecado, também fiquei espantado e acreditei que era verdade, as-

como otros muchos; mas con ver después la risa y burla que mi amo y el alguacil llevaban y hacían del negocio, conocí cómo había sido industriado por el industrioso e inventivo de mi amo.[45] *Y, aunque mo-*

---

[45] A edição de Alcalá intercala aqui o seguinte fragmento: "Acaesciónos en otro lugar, el cual no quiero nombrar por su honra, lo siguiente. Y fue que mi amo predicó dos o tres sermones, y do a Dios la bula tomaban. Visto por el astuto de mi amo lo que pasaba, y que aunque decía se fiaban por un año no aprovechaba, y que estaban tan rebeldes en tomarla, y que su trabajo era perdido, hizo tocar las campanas para despedirse, y hecho su sermón y despedido desde el púlpito, ya que se quería abajar, llamó al escribano y a mí, que iba cargado con unas alforjas, e hízonos llegar al primer escalón, y tomó al alguacil las que en las manos llevaba, y las que yo tenía en las alforjas púsolas junto a sus pies, y tornose a poner en el púlpito con cara alegre y arrojar desde allí de diez en diez y de veinte en veinte de sus bulas hacia todas partes, diciendo: 'Hermanos míos, tomad, tomad de las gracias que Dios os envía hasta vuestras casas, y no os duela, pues es obra tan pía la redempción de los captivos cristianos que están en tierra de moros. Porque no renieguen nuestra sancta fe y vayan a las penas del infierno, siquiera ayudadles con vuestra limosna y con cinco paternostres y cinco avemarías para que salgan de cautiverio. Y aun también aprovechan para los padres y hermanos y deudos que tenéis en el purgatorio, como lo veréis en esta santa bula'. Como el pueblo las vio ansí arrojar, como cosa que se daba de balde, y ser venida de la mano de Dios, tomaban a más tomar, aun para los niños de la cuna y para todos sus defunctos, contando desde los hijos hasta el menor criado que tenían, contándolos por los dedos. Vímonos en tanta priesa que a mí aína me acabaran de romper un pobre y viejo sayo que traía, de manera que certifico a Vuestra Merced que en poco más de un hora no quedó bula en las alforjas, y fue necesario ir a la posada por más. Acabados de tomar todos, dijo mi amo desde el púlpito a su escribano y al de Concejo que se levantasen; y para que se supiese quién era los que habían de gozar de la sancta indulgencia y perdones de la sancta bula, y para que él diese buena cuenta a quien le había enviado, se escribiesen. Y así,

sim como muitos outros. No entanto, vendo depois as burlas e risadas que meu amo e aquele oficial faziam e davam do negócio, percebi que tudo tinha sido maquinado pelo engenhoso e astuto amo que eu tinha.[78] E, apesar de ser

---

[78] A edição de Alcalá intercala aqui o seguinte fragmento: "Em outro lugar, cujo nome não quero revelar por sua honra, deu-se o seguinte caso: meu amo pregou dois ou três sermões e, bendito seja Deus, ninguém tomava a bula. Tendo o astuto do meu amo percebido o que se passava e vendo que, mesmo com a garantia de que valia por um ano, estavam rebeldes em aceitá-la, ficando o seu trabalho perdido, mandou tocar os sinos para despedir-se. Terminado o sermão e a despedida no púlpito, quando já ia descer, chamou ao escrivão e a mim, que ia carregado com uns alforjes. Fez com que nos aproximássemos do primeiro degrau, pegou das mãos do oficial as bulas que ele levava, e as que eu tinha nos alforjes, colocou-as junto aos seus pés. Então, com uma cara alegre, tornou a subir ao púlpito e, dali, lançando para todas as direções as bulas de dez em dez ou de vinte em vinte, ia dizendo: 'Queridos irmãos, tomem, tomem as graças que lhes envia Deus até suas casas. E que isto não lhes cause dor, pois é pia a obra de redenção dos cristãos que estão prisioneiros na terra dos mouros! Para que eles não reneguem nossa santa fé e não padeçam as penas do inferno, não deixem de ajudá-los com sua esmola e com cinco pai-nossos e cinco ave-marias, para que possam sair do cativeiro. Elas também servem para seus pais, irmãos e parentes queridos que tenham no purgatório, como verão nesta santa bula'. Como o povo visse as bulas assim atiradas, como coisa que se dava de graça e vinda das mãos de Deus, pegavam as que podiam, até para as crianças recém-nascidas e para todos os seus defuntos, contando nos dedos desde os filhos até o criado mais humilde que possuíam. Foi tamanho o atropelo em que nos vimos que, para minha desgraça, quase rasgaram um pobre e velho saio que eu usava, de modo que posso garantir a Vossa Mercê que, em pouco mais de uma hora, não restavam mais bulas nos alforjes, sendo necessário ir à pousada buscar outras tantas. Depois que todos acabaram de recolhê-las, meu amo, ali do púlpito, pediu ao seu escrivão e ao do Conselho que se levantassem. E para que se soubesse quem eram os que haviam de gozar da santa indulgência e dos perdões da santa bula e também para que ele pudesse prestar contas a quem o tinha enviado, deviam se inscrever.

chacho, cayome mucho en gracia, y dije entre mí: "¡Cuántas destas deben de hacer estos burladores entre la inocente gente!".

luego todos de muy buena voluntad decían las que habían tomado, contando por orden los hijos y criados y defunctos. Hecho su inventario, pidió a los alcaldes que, por caridad, porque él tenía que hacer en otra parte, mandasen al escribano le diese autoridad del inventario y memoria de las que allí quedaban, que, según decía el escribano, eran más de dos mil. Hecho esto, él se despedió con mucha paz y amor, y ansí nos partimos deste lugar. Y aun antes que nos partiésemos, fue preguntado él por el teniente cura del lugar y por los regidores si la bula aprovechaba para las criaturas que estaban en el vientre de sus madres. A lo cual él respondió que, según las letras que él había estudiado, que no; que lo fuesen a preguntar a los doctores más antiguos que él, y que esto era lo que sentía en este negocio. E ansí nos partimos, yendo todos alegres del buen negocio. Decía mi amo al alguacil y escribano: '¿Qué os paresce cómo a estos villanos que con solo decir *cristianos viejos somos*, sin hacer obras de caridad, se piensan salvar, sin poner nada de su hacienda? Pues por vida del licenciado Pascasio Gómez, que a su costa se saquen más de diez cautivos'. Y ansí nos fuimos hasta otro lugar de aquel cabo de Toledo, hacia la Mancha, que se dice, adonde topamos otros más obstinados en tomar bulas. Hechas, mi amo y los demás que íbamos, nuestras diligencias, en dos fiestas que allí estuvimos no se habían echado treinta bulas. Visto por mi amo la gran perdición y la mucha costa que traía, y el ardideza que el sotil de mi amo tuvo para hacer despender sus bulas, fue que este día dijo la misa mayor, y después de acabado el sermón y vuelto al altar, tomó una cruz que traía, de poco más de un palmo, y en un brasero de lumbre que encima del altar había, el cual habían traído para calentarse las manos, porque hacía gran frío, púsole detrás del misal, sin que nadie mirase en ello. Y allí, sin decir nada, puso la cruz encima la lumbre, y, ya que hubo acabado la misa y echado la bendición, tomola con un pañizuelo, bien envuelta la cruz en la mano derecha y en la otra la bula, y ansí se bajó hasta la postrera grada del altar, adonde hizo que besaba la cruz. Y hizo señal que viniesen a adorar la cruz. Y ansí vinieron los alcaldes

ainda jovem, achei muita graça[79] e pensei comigo: "Quantas dessas não devem fazer esses trapaceiros com o povo inocente!".

Assim, logo todos começaram a dizer, de boa vontade, as bulas que tinham tomado, apontando, pela ordem, os filhos, criados e defuntos. Acabado o inventário, ele pediu aos alcaides que, por caridade, já que tinha o que fazer em outro lugar, mandassem o escrivão prestar contas das bulas que ali ficavam, as quais, segundo dizia o próprio escrivão, eram mais de duas mil. Feito isso, ele despediu-se com muita paz e amor e nós partimos daquele lugar. Pouco antes de nossa partida, o cura do lugar e os regedores ainda lhe perguntaram se a bula servia também para as criaturas que estavam no ventre de suas mães, ao que ele respondeu, conforme as letras que havia estudado, que não. Melhor seria que fossem consultar os doutores mais antigos que ele, pois aquilo era tudo o que sabia desse assunto. E assim partimos, todos alegres pelo bom negócio feito. Dizia o meu amo ao oficial de justiça e ao escrivão: 'Que lhes parece? Como é que esses aldeões, que pensam que basta dizer *somos cristãos-velhos*, sem fazer obras de caridade, sem dar nada de seus bens, querem salvar-se? Pois, pela vida do licenciado Pascásio Gómez, que à sua custa se resgatem mais de dez cativos!'. Assim, fomos até outro lugar, nos confins de Toledo, na direção da Mancha, como se diz, onde encontramos outra gente ainda mais obstinada em não tomar bulas. Tendo feito nossas diligências, meu amo e os demais que com ele íamos, em duas festas em que ali estivemos, não haviam tomado sequer trinta bulas. Considerando a grande perda e o alto prejuízo que essa situação trazia, o sutil do meu amo recorreu à costumeira esperteza para livrar-se de suas bulas. Nesse dia, rezou a missa maior e, depois de concluído o sermão, retornou ao altar. Tomando uma cruz de pouco mais de um palmo de tamanho, que sempre trazia consigo, colocou-a no lume de um braseiro que estava posto sobre o altar para esquentar as mãos, já que fazia muito frio, e, sem que ninguém percebesse, escondeu-o detrás do missal. Então, sem dizer nada, depois de terminada a missa e dadas as bênçãos finais, pegou a dita cruz com a mão direita, enrolando-a bem com um lenço, e com a esquerda apanhou a bula. Desceu até o último degrau do altar, onde fingiu que beijava a cruz e, dali, fez sinal às pessoas para que viessem adorá-la. Assim, como é de costume, vieram os alcaides em primeiro lugar, os mais anciãos na frente, de um em um. O primeiro a chegar, que era um velho alcaide, ainda que meu

Finalmente, estuve con este mi quinto amo cerca de cuatro meses, en los cuales pasé también hartas fatigas.[46]

---

los primeros y los más ancianos del lugar, viniendo uno a uno, como se usa. Y el primero que llegó, que era un alcalde viejo, aunque él le dio a besar la cruz bien delicadamente, se abrasó los rostros y se quitó presto afuera. Lo cual visto por mi amo, le dijo: '¡Paso quedo, señor alcalde! ¡Milagro!'. Y ansí hicieron otros siete o ocho. Y a todos les decía: '¡Paso, señores! ¡Milagro!'. Cuando él vido que los rostriquemados bastaban para testigos del milagro, no la quiso dar más a besar. Subiose al pie del altar y de allí decía cosas maravillosas, diciendo que por la poca caridad que había en ellos había Dios permitido aquel milagro, y que aquella cruz había de ser llevada a la sancta iglesia mayor de su obispado. Que por la poca caridad que en el pueblo había la cruz ardía. Fue tanta la prisa que hubo en el tomar la bula, que no bastaban dos escribanos ni los clérigos ni sacristanes a escribir. Creo de cierto que se tomaron más de tres mil bulas, como tengo dicho a Vuestra Merced. Después, al partir él, fue con gran reverencia, como es razón, a tomar la sancta cruz, diciendo que la había de hacer engastonar en oro, como era razón. Fue rogado mucho del Concejo y clérigos del lugar les dejase allí aquella sancta cruz, por memoria del milagro allí acaescido. Él en ninguna manera lo querría hacer, y al fin, rogado de tantos, se la dejó; con que le dieron otra cruz vieja que tenían, antigua, de plata, que podrá pesar dos o tres libras, según decían. Y ansí nos partimos alegres con el buen trueque y con haber negociado bien. En todo no vio nadie lo susodicho, sino yo, porque me subía par del altar para ver si había quedado algo en las ampollas, para ponello en cobro, como otras veces yo lo tenía de costumbre. Y como allí me vio, púsose el dedo en la boca, haciéndome señal que callase. Y ansí lo hice, porque me cumplía, aunque después que vi el milagro no cabía en mí por echallo fuera, sino que el temor de mi astuto amo no me lo dejaba comunicar con nadie, ni nunca de mí salió. Porque me tomó juramento que no descubriese el milagro, y ansí lo hice hasta agora".

[46] A edição de Alcalá acrescenta aqui: "aunque me daba bien de comer a costa de los curas y otros clérigos do iba a predicar".

Para concluir, estive com esse meu amo cerca de quatro meses, durante os quais também passei enormes fadigas.[80]

---

amo lhe tivesse dado a cruz para beijar bem delicadamente, ficou com o rosto abrasado e se afastou rapidamente. Tendo observado esse movimento, disse-lhe meu amo: 'Tenha calma, senhor alcaide! É um milagre!'. Assim fizeram outros sete ou oito e a todos ele dizia: 'Calma, senhores! É um milagre!'. Quando viu que os de rosto queimado já eram suficientes para testemunhar o milagre, parou de dar a cruz para beijar. Subiu ao pé do altar e dali começou a dizer coisas maravilhosas, afirmando que, por causa da pouca caridade que havia entre eles, Deus havia permitido aquele milagre; que aquela cruz milagrosa deveria ser levada à santa igreja matriz do bispado; que pela pouca caridade que havia no povoado aquela cruz ardia. Foi tanta a pressa que houve em tomar a bula, que não bastaram os dois escrivães nem os clérigos e nem os sacristãos para inscrever todo mundo. Acredito que mais de três mil bulas foram tomadas, como tenho dito a Vossa Mercê. Ao partir, como era conveniente, ele foi com grande reverência pegar a santa cruz, dizendo que, por justiça, mandaria encravá-la em ouro. Tanto o Conselho como os clérigos rogaram-lhe muito que deixasse a santa cruz naquele lugar, como memória viva do milagre ocorrido. De modo algum ele consentia em fazê-lo, mas, ao final, sendo tantos os rogos, acabou cedendo a cruz e recebeu, em troca, uma cruz velha que possuíam, bastante antiga, de prata, que pesaria duas ou três libras, conforme disseram. Desta forma, partimos alegres com a boa troca e por termos feito bom negócio. Ninguém viu o que acabei de narrar, a não ser eu, porque tinha o costume de subir ao altar para recolher o que porventura houvesse sobrado nas galhetas. Como ele deu comigo ali, pôs o dedo na boca, em sinal de que me calasse. Assim fiz, pois era minha obrigação, apesar de que, tendo visto o milagre, morresse de vontade de divulgá-lo. Mas o temor que eu tinha do meu astuto amo não me deixava contar aquele segredo para ninguém e nunca cheguei a revelá-lo. Isso porque ele me fez jurar que o falso milagre nunca seria descoberto, promessa que cumpri até hoje".

[79] Claramente, Lázaro, que até agora fora apenas uma vítima dos seus amos, passa a uma situação de cumplicidade com o buleiro.

[80] A edição de Alcalá acrescenta aqui: "[...] embora ele me alimentasse bem, à custa dos padres e outros clérigos dos lugares aonde ia predicar".

TRATADO SEXTO
Cómo Lázaro se asentó con un capellán, y lo que con él pasó[47]

Después desto, asenté con um maestro de pintar panderos, para molelle los colores, y también sufrí mil males.

Siendo ya en este tiempo buen mozuelo, entrando un día en la iglesia mayor, un capellán della me recibió por suyo. Y púsome en poder un buen asno y cuatro cántaros y un azote, y comencé a echar agua por la cibdad. Este fue el primer escalón que yo subí para venir a alcanzar buena vida, porque mi boca era medida. Daba cada día a mi amo treinta maravedís ganados, y los sábados ganaba para mí, y todo lo de más entre semana de treinta maravedís.

Fueme tan bien en el oficio que, al cabo de cuatro años que lo usé, con poner en la ganancia buen recaudo, ahorré para me vestir muy honradamente de la ropa vieja. De la cual compré un jubón de fustán

---

[47] Ve junta este tratado com o seguinte sob o título "Lázaro asienta con un capellán y un alguacil y después toma manera de vivir".

TRATADO SEXTO
De como Lázaro se assentou com um capelão e do que lhe passou

Depois disso, assentei-me com um mestre de pintar pandeiros, para misturar-lhe as cores, e também muito padeci.[81] Sendo eu, por esse tempo, já um bom rapaz e entrando um dia na igreja matriz, um de seus capelães me recebeu como criado. Entregou-me um burro, quatro cântaros e um chicote, e comecei, então, a distribuir água pela cidade. Este foi o primeiro degrau que escalei para chegar a alcançar boa vida, porque minha boca era comedida. Entregava todo dia para meu amo trinta maravedis. O que ganhava aos sábados ficava para mim, assim como tudo o que ultrapassava, durante a semana, os trinta maravedis diários.[82]

Saí-me tão bem no ofício que, ao fim dos quatro anos em que nele estive, controlando bem os ganhos, pude economizar para vestir-me mui honradamente com roupa usada.[83] Comprei um gibão velho de fustão, um saio puído

---

[81] Mais uma vez, Lázaro reduz a poucas linhas um episódio de sua vida que seria de menor importância para o seu objetivo de traçar sua história pessoal na perspectiva do "caso" que deve esclarecer. Os críticos, no entanto, veem neste sexto amo de Lázaro um tradicional charlatão ou, possivelmente, um alcoviteiro.

[82] Pela primeira vez, Lázaro não é um criado. Incorpora-se ao comércio mediante um contrato que lhe permite até certa autonomia. Não deixa de ser interessante que esse tipo de contrato tenha existido no Brasil escravista, quando os amos o estabeleciam com os chamados "escravos de ganho".

[83] Com tudo o que Lázaro consegue poupar ao longo de quatro anos de trabalho, só consegue comprar uma roupa velha. A roupa era muito cara à época e, assim, constituía um signo fundamental de distinção. Como Lázaro aprendera com seus amos que as aparências são a chave do sucesso, opta por

viejo y un sayo raído de manga tranzada y puerta, y una capa, que había sido frisada, y una espada, de las viejas primeras de Cuéllar. Desque me vi en hábito de hombre de bien, dije a mi amo se tomase su asno, que no quería seguir más aquel oficio.

TRATADO SÉPTIMO
Cómo Lázaro se asentó con un alguacil, y de lo que le acaeció con él

Despedido del capellán, asenté por hombre de justicia con un alguacil, mas muy poco viví con él, por parecerme oficio peligroso; mayormente que una noche nos corrieron a mí y a mi amo a pedradas y a palos unos retraídos; y a mi amo, que esperó, trataron mal, mas a mí no me alcanzaron. Con esto, renegué del trato.[48]

---

[48] A edição *Sa*, de 1599, irá também neste caso estender a censura inquisitorial do texto, suprimindo a expressão "por hombre de justicia", bem como "a mí y a mi amo", neste parágrafo.

de manga trançada e com punhos, uma capa já sem pelo e uma espada muito antiga, das primeiras de Cuéllar.[84] Desde que me vi em hábito de homem de bem, disse a meu amo que ficasse com seu burro, pois eu não queria mais continuar naquele ofício.[85]

TRATADO SÉTIMO
De como Lázaro se assentou com um oficial de justiça e do que lhe aconteceu[86]

Depois de me despedir do capelão, ajustei-me como homem de lei, a serviço de um oficial de justiça. Entretanto, muito pouco tempo estive com ele, porque o ofício me pareceu perigoso.[87] Principalmente depois que, numa noite, puseram-nos a correr, a mim e ao meu amo, com pedradas e pauladas alguns foragidos da justiça. A mim não conseguiram alcançar, mas ao meu amo, que os

---

se vestir, mesmo que com roupas gastas, de modo a parecer um homem de bem. Essa mentalidade o impede, por exemplo, de pensar em investir sua poupança na compra do burro do capelão e, assim, passar a trabalhar de maneira independente.

[84] *Cuéllar*: povoado da província de Segóvia, famosa pelos seus armeiros. Dentre outros, ali trabalhou o famoso Antonio, que segundo o escudeiro (*vide* tratado III) seria o artífice de sua espada. Esta possível aproximação de Lázaro com seu antigo amo reforça o paralelismo com este, que entendemos se completa com a frase que segue.

[85] Lázaro rejeita explicitamente o trabalho manual, por entendê-lo incompatível com sua aparência de "homem de bem", baseada numa roupa velha e numa espada. O seu agudo sentido crítico, tantas vezes comprovado na infância, parece abandoná-lo agora, quando começa a não (querer) se enxergar. Assim, não percebe que, neste ponto, ele próprio é a caricatura da caricatura que era o escudeiro.

[86] O título deste tratado alude apenas ao primeiro dos eventos que serão narrados neste capítulo — o emprego com o oficial de justiça —, deixando-se de lado os acontecimentos finais, de capital importância por terem motivado

Y pensando en qué modo de vivir haría mi asiento, por tener descanso y[49] *ganar algo para la vejez, quiso Dios alumbrarme y ponerme en camino y manera provechosa. Y con favor que tuve de amigos y señores, todos mis trabajos y fatigas hasta entonces pasados fueron pagados con alcanzar lo que procuré, que fue un oficio real, viendo que no hay nadie que medre sino los que le tienen.*[50]

En el cual el día de hoy vivo y resido a servicio de Dios y de Vuestra Merced.[51] *Y es que tengo cargo de pregonar los vinos que en esta ciudad se venden, y en almonedas y cosas perdidas, acompañar los que padecen persecuciones por justicia y declarar a voces sus delitos: pregonero, hablando en buen romance.*[52]

---

[49] A edição *Sa* suprime igualmente o trecho "tener descanso y".

[50] *Ve* suprime toda a última frase: "viendo que no hay nadie que medre sino los que le tienen".

[51] *Sa* suprime esta frase inicial do parágrafo.

[52] A edição de Alcalá intercala aqui o seguinte texto: "En el cual oficio, un día que ahorcábamos un apañador en Toledo, y llevaba una buena soga de esparto, conoscí y caí en la cuenta de la sentencia que aquel mi ciego amo había dicho en Escalona, y me arrepentí del mal pago que le di, por lo mucho que me enseñó; que, después de Dios, él me dio industria para llegar al estado que ahora estó".

enfrentou, trataram-no muito mal. Por esse motivo abandonei o serviço.

E pensando como poderia assentar-me na vida, para ter sossego e ganhar algo para a velhice, quis o bom Deus iluminar meu caminho e indicar a forma mais proveitosa. Graças a favores que tive de amigos e senhores, todos os trabalhos e fadigas até então passados foram recompensados quando consegui o que tanto buscava, que foi um ofício real,[88] pois vi que só prosperam os que o têm.

Em tal ocupação hoje em dia vivo e resido a serviço de Deus e de Vossa Mercê. É que tenho o cargo de apregoar os vinhos que se vendem nesta cidade, os leilões e as coisas perdidas e acompanhar os que padecem perseguições da justiça, declarando seus delitos. Pregoeiro,[89] para falar claramente.[90]

---

a narrativa de Lázaro, o que mais uma vez corrobora a hipótese de que a fragmentação do texto em tratados, bem como a atribuição dos títulos, não existiria no original.

[87] A rápida desistência de Lázaro do ofício de beleguim comprova que ele esperava usar a espada somente para completar sua aparência. A atitude claramente anti-heroica do protagonista reforça o valor que ele outorga à aparência de homem de bem, da qual irá valer-se, de agora em diante, para galgar os degraus da pirâmide social.

[88] Um emprego público é a alternativa que ele encontra dentre as três que o ditado popular estabelece para os que não herdaram riquezas: "Iglesia, mar o casa real, quien quiere medrar" ("Igreja, mar ou casa real, caminhos para chegar [para quem quer prosperar]"): a carreira eclesiástica, a aventura ou a burocracia. Lázaro escolhe a mais acessível para ele e a menos sacrificada das três.

[89] Lázaro faz um enorme e significativo rodeio para dizer de que "ofício real" se trata. Começa pelo que é menos desonroso e que será chave para sua ascensão final: o anúncio de venda de vinhos; depois seguirá por outras tarefas, como a de anunciar objetos à venda em leilões e a demanda de achados e

Hame sucedido tan bien, yo le he usado tan fácilmente,[53] que casi todas las cosas al oficio tocantes pasan por mi mano; tanto, que en toda la cibdad, el que ha de echar vino a vender, o algo, si Lázaro de Tormes no entiende en ello, hacen cuenta de no sacar provecho.

En este tiempo, viendo mi habilidad y buen vivir, teniendo noticia de mi persona el señor arcipreste de San Salvador, mi señor, y servidor y amigo de Vuestra Merced,[54] porque le pregonaba sus vinos, procuró casarme con una criada suya. Y visto por mí que de tal persona no podía venir sino bien y favor, acordé de

---

[53] *Sa* suprime "yo le he usado tan fácilmente".

[54] *Sa* suprime "y servidor y amigo de Vuestra Merced", possivelmente porque a conexão que a frase estabelece com o destinatário do relato de Lázaro integra definitivamente este, que é, supomos, um dignatário eclesiástico, no universo do arcipreste, agente da definitiva corrupção do protagonista.

Fui tão bem-sucedido e com tanta facilidade realizo o trabalho, que quase tudo o que tem a ver com o ofício passa por minhas mãos. Tanto é assim que, em toda a cidade, aqueles que querem vender vinho, ou outra coisa, se Lázaro de Tormes não está no negócio, já sabem que não têm lucro.[91]

Nesse tempo, vendo minha habilidade e bem viver e tendo notícias de minha pessoa, o senhor arcipreste de San Salvador,[92] senhor meu e servidor e amigo de Vossa Mercê, porque eu apregoava tão bem os seus vinhos, procurou casar-me com uma criada sua.[93] E eu, vendo que de tal pes-

---

perdidos; apenas no final chega à explicitação dos aspectos essenciais e do nome do seu ofício, que, falando claramente, diz ele, é o de pregoeiro. Esse ofício era infamante, tanto que somente ele e o de carrasco eram acessíveis aos conversos. Lázaro põe os pés num dos últimos degraus do sistema, mas será o bastante para que se sinta no topo.

[90] A edição de Alcalá intercala aqui a seguinte passagem: "Nesse ofício, num dia em que enforcávamos um ladrão em Toledo e eu carregava uma boa corda de esparto, recordei e me dei conta da sentença que o cego, meu antigo amo, tinha feito em Escalona, e me arrependi do mal que lhe causei, pelo muito que me ensinou; porque, depois de Deus, foi ele quem me instruiu para chegar ao estado em que agora me encontro".

[91] Lázaro diz ter tido sucesso como pregoeiro, fato que significava, à época, a obtenção de ganhos pecuniários relativamente bons. Mas não será nisso que há de fundar-se sua situação final, que ele dirá ser muito boa, e sim, como fica claro a seguir, nos contatos e relações que o ofício lhe propicia. O sucesso maior não estará, portanto, numa profissão honradamente exercida, mas nos favores que esta lhe permite obter.

[92] *San Salvador*: paróquia de Toledo, à qual o autor atribui o status maior de sede de um arcipreste, talvez no intuito de não permitir a identificação da personagem na realidade histórica.

[93] A iniciativa, no casamento de Lázaro, é do arcipreste. Assim, não parece que o amor tenha motivado a decisão de Lázaro de casar-se, bem como é possível ver aí a base da suspeita sobre a situação final.

lo hacer. Y así me casé con ella y hasta agora no estoy arrepentido, porque aliende de ser buena hija y diligente servicial, tengo en mi señor el Arcipreste todo favor y ayuda. Y siempre en el año le da, en veces, al pie de una carga de trigo; por las Pascuas su carne; y cuando el par de los bodigos, las calzas viejas que deja. E hízonos alquilar una casilla par de la suya. Los domingos y fiestas casi todas las comíamos en su casa.

Mas malas lenguas, que nunca faltaron ni faltarán, no nos dejan vivir, diciendo no sé qué y sí se qué, de que veen a mi mujer irle a hacer la cama, y guisalle de comer. Y mejor les ayude Dios que ellos dicen la verdad.[55]

Porque aliende de no ser ella mujer que se pague destas burlas, mi señor me ha prometido lo que pienso cumplirá; que él me habló un día muy largo delante della y me dijo:

— Lázaro de Tormes, quien ha de mirar a dichos de malas lenguas nunca medrará. Digo esto porque no me maravillaría alguno, viendo entrar en mi casa a tu mujer y salir de ella. Ella entra muy a tu honra y suya; y esto te lo prometo. Por tanto, no mires a lo que pueden decir, sino a lo que te toca, digo, a tu provecho.

---

[55] A edição de Alcalá intercala aqui: "Aunque en este tiempo siempre he tenido alguna sospechuela y habido algunas malas cenas por esperalla algunas noches hasta las laudes, y aún más, y se me ha venido a la memoria lo que mi amo el ciego me dijo en Escalona, estando asido del cuerno. Aunque, de verdad, siempre pienso que el diablo me lo trae a la memoria por hacerme malcasado, y no le aprovecha".

soa não poderia vir senão bem e favores, concordei em fazê-lo. Assim, casei-me com ela e até hoje não estou arrependido, porque além de ser boa filha e diligente serviçal, tenho em meu senhor, o arcipreste, todo favor e ajuda. Durante o ano ele sempre lhe dá, várias vezes, quase uma carga de trigo; na Páscoa, uma boa peça de carne e, no tempo da oferenda dos pães, as calças velhas que deixa de usar. E fez-nos alugar uma casinha junto à sua. Quase todos os domingos e dias de festa comíamos em sua casa.

As más línguas, entretanto, que nunca faltaram nem faltarão, não nos deixam viver em paz, dizendo isto e aquilo, porque veem a minha mulher ir arrumar-lhe a cama ou fazer sua comida. Tomara que recebam de Deus ajuda maior do que a verdade do que dizem.[94]

Porque, além de não ser ela mulher que goste dessas intrigas, o meu senhor prometeu o que acredito que cumprirá. Um dia falou comigo longamente diante dela e disse:

— Lázaro de Tormes, quem der ouvidos para as más línguas nunca progredirá. Digo isto porque não me admiraria nada ouvir algum falatório dessa gente que vê a sua mulher entrar e sair de minha casa. Ela entra honrando a você e a si própria. Isto eu asseguro. Portanto, não dê ouvidos ao que possam falar por aí, mas ao que lhe interessa, quero dizer, ao seu benefício.

---

[94] A edição de Alcalá intercala aqui: "Embora por esse tempo sempre me perturbasse alguma suspeitazinha e tivesse jantado mal uma e outra noite por ficar à espera dela até altas madrugadas, ou ainda mais, e me tenha vindo à memória o que meu antigo amo, o cego, disse-me aquela vez em Escalona segurando o chifre. Ainda assim, para falar a verdade, sempre acabo pensando que é o diabo que me faz lembrar disso tudo para me fazer sentir malcasado, mas ele não lucra nada com isso".

— Señor — le dije —, yo determiné de arrimarme a los buenos. Verdad es que algunos de mis amigos me han dicho algo deso, y aun por más de tres veces me han certificado que antes que comigo casase habia parido tres veces, hablando con reverencia de Vuestra Merced, porque está ella delante.[56]

Entonces mi mujer echó juramentos sobre sí, que yo pensé la casa se hundiera con nosotros; y después tomose a llorar y a echar maldiciones sobre quien comigo la había casado; en tal manera que quisiera ser muerto antes que se me hubiera soltado aquella palabra de la boca. Mas yo de un cabo y mi señor de otro, tanto le dijimos y otorgamos, que cesó su llanto, con juramento que le hice de nunca más en mi vida mentalle nada de aquello, y que yo holgaba y había por bien de que ella entrase y saliese, de noche y de día, pues estaba bien seguro de su bondad. Y así quedamos todos tres bien conformes.

Hasta el día de hoy nunca nadie nos oyó sobre el caso. Antes, cuando alguno siento que quiere decir algo della, le atajo y le digo:

— Mirá, si sois mi amigo, no me digáis cosa con que me pese, que no tengo por mi amigo al que me hace pesar; mayormente si me quieren meter mal con mi mujer, que es la cosa del mundo que yo más quiero, y la amo más que a mí, y me hace Dios con ella mil

---

[56] A frase é muito ambígua, pois se colocarmos uma vírgula após "reverencia" (o que é possível, face às diferenças entre a pontuação do século XVI e a moderna), o sentido seria o de atribuir a paternidade dos três supostos filhos da mulher de Lázaro ao arcipreste, designado aqui como "Vuestra Merced".

— Meu senhor — respondi eu —, decidi aproximar-me dos bons.[95] É bem verdade que alguns amigos já comentaram algo desse assunto e, por mais de três vezes, garantiram que, antes de que comigo se casasse, ela havia parido três vezes, falando com licença de Vossa Mercê, porque ela está presente.

Então, minha mulher fez tantos juramentos sobre sua conduta, que eu pensei que a casa viesse abaixo. Depois, começou a chorar e a lançar maldições sobre quem a tinha casado comigo, de tal maneira que eu preferiria estar morto antes de ter dito aquelas palavras. Mas, eu de um lado e o meu senhor do outro, tanto lhe dissemos e concedemos, que interrompeu seu pranto, com a promessa que lhe fiz de nunca mais, em minha vida, tocar naquele assunto, garantindo-lhe que estava contente e achava bom que ela entrasse e saísse, de noite ou de dia, pois tinha certeza da sua honestidade. E assim ficamos os três muito satisfeitos.

Até hoje, ninguém nunca mais nos ouviu falar sobre o caso. Ao contrário, quando sinto que alguém quer comentar algo sobre ela, logo o interrompo, dizendo:

— Veja bem, se você é meu amigo, não diga nada que me aborreça, pois não considero amigo quem me traz aborrecimentos. Principalmente se querem me colocar mal com minha mulher, que é a pessoa do mundo a quem mais quero e a quem amo mais que a mim mesmo. Por meio dela, Deus me concede mil graças, muito mais do que eu mereço. Eu jurarei sobre a hóstia consagrada que

---

[95] Observe-se que Lázaro repete exatamente a conduta de sua mãe que, ao ficar viúva, "decidiu juntar-se às pessoas de bem para poder ser uma delas".

mercedes y más bien que yo merezco. Que yo juraré sobre la hostia consagrada[57] que es tan buena mujer como vive dentro de las puertas de Toledo. Y quien otra cosa me dijere, yo me mataré con él.

Desta manera no me dicen nada, y yo tengo paz en mi casa.

Esto fue el mesmo año que nuestro victorioso Emperador en esta insigne ciudad de Toledo entró y tuvo en ella Cortes, y se hicieron grandes regocijos y fiestas, como Vuestra Merced habrá oído. Pues en este tiempo estaba en mi prosperidad y en la cumbre de toda buena fortuna.[58]

---

[57] *Ve* suprime a frase "sobre la hostia consagrada".

[58] A edição de Alcalá acrescenta aqui: "De lo que aquí adelante me sucediere, avisaré a Vuestra Merced".

tanto é mulher honrada quanto vive dentro das portas de Toledo. Quem outra coisa ousar dizer, terá que lutar comigo até a morte.

Desse modo, não me dizem nada e eu tenho paz em minha casa.

Isso ocorreu no mesmo ano em que nosso vitorioso Imperador entrou nesta insigne cidade de Toledo e nela reuniu as Cortes,[96] e houve muitas festas e muito júbilo, como Vossa Mercê terá ouvido dizer. Pois nesse tempo estava eu em minha prosperidade e no auge de toda boa fortuna.[97]

---

[96] Tudo indica que, sendo impossível determinar a qual das duas oportunidades em que Carlos I reuniu as Cortes em Toledo (1525 ou 1538) o texto se refere, a intenção aqui seria muito mais de vincular a história de Lázaro ao Império (do qual é funcionário) do que de fixar uma data precisa para os sucessos. Pelo contrário, assim como no caso da ambígua referência à expedição a Gelves (onde o pai de Lázaro teria morrido), no tratado I, o autor procura impedir que a fixação de datas permita identificar as personagens na realidade histórica. O que se pretende, sim, é fixar um contexto social e político para a autobiografia de Lázaro.

[97] É sintomático que a deusa Fortuna, identificada no "Prólogo" da obra como a regedora do destino dos homens, termine reduzida a esta "boa fortuna" de Lázaro, nada isenta, que grafamos com minúscula.

Aspectos do *Lazarillo de Tormes* na edição de Medina del Campo, de 1554: o frontispício da obra; a abertura do "Tratado terceiro"; e a página final do livro, com o texto de colofão ("Foi impressa a presente obra na mui nobre vila de Medina del Campo, na imprensa dos irmãos Mateo e Francisco del Canto. Acabou-se de imprimir no primeiro dia do mês de março, ano de MDLIV").

LAZARILLO DE TORMES: ESTUDO CRÍTICO

Mario M. González

Em meio à profusão de novelas de cavalaria publicadas ao longo do século XVI na Espanha, um pequeno livro irrompe para, mediante uma temática e uma estrutura completamente opostas, significar o aparecimento de uma nova maneira de narrar e, especialmente, expor uma visão extremamente crítica da realidade social imediata. Por esse caráter inovador, *Lazarillo de Tormes* merece um lugar de especial relevância na história da literatura, na medida em que é um dos fundamentos da modernidade literária. Nele temos uma clara amostra da crise dos modelos narrativos renascentistas; o equilíbrio e o idealismo destes veem-se atropelados pela irrupção da realidade cotidiana trazida pelo narrador de primeira pessoa e exposta na forma de diálogo. Mas este já não é o diálogo retórico transferido pelo narrador onisciente às personagens, porém o diálogo familiar que faz parte do universo narrado. Isso permitirá um intenso sentido crítico que denuncia o caráter ideologicamente marginal do autor anônimo, talvez um erasmista.

A obra se vale do humor para expor a hipocrisia dominante na sociedade, por meio de constantes paradoxos que culminam na contradição do narrador que não quer enxergar a si mesmo como personagem; isto, após uma longa trajetória que lhe permitira denunciar a sociedade de aparências que o rejeitara até ele conseguir integrar-se nela pelo que parece ser. Esse humor é a forma de expor a cisão do indivíduo, um "eu" narrador que não existe senão como aparência.

A esse ponto de vista do protagonista-narrador se contrapõe o ponto de vista do leitor, pela primeira vez explicitamente chamado a definir o sentido do que lê. Por trás da simples comicidade do texto, o leitor poderá decifrar o ambíguo e maquiavélico jogo do protagonista-narrador. Se Lázaro consegue escapar ao esquema feudal de uma semi-escravidão, não será para aceitar os mecanismos do trabalho e da especulação a fim de integrar-se à sociedade. Ele prefere rejeitar esses meios e limitar-se à exploração das aparências como forma de ascensão social. É um modo de alienação mediante a criação de um universo fictício, no qual Lázaro vê de si próprio apenas a imagem que quer ver. Ou seja, mais um caso de narcisismo, que caberia integrar na galeria de personagens arroladas por Arnold Hauser[1] como manifestações da literatura maneirista, na qual entendemos cabe incluir a obra. Estando, assim, nas bases da modernidade, *Lazarillo de Tormes* deve ser visto como uma das primeiras manifestações do gênero "romance" e, dentro deste, como o primeiro romance picaresco.

No entanto, além destes aspectos e das análises e interpretações que o texto possa merecer, seu aparecimento se configura, para os leitores de hoje, cercado de enigmas que achamos interessante relacionar.

AS PRIMEIRAS EDIÇÕES

Datam do ano 1554 as quatro edições mais antigas do *Lazarillo de Tormes* hoje conhecidas. Nenhuma delas indica o nome do autor. O fato de existirem quatro textos, publicados

---

[1] Arnold Hauser, *Maneirismo: a crise da Renascença e a origem da arte moderna*, São Paulo, Edusp/Perspectiva, 1976.

no mesmo ano e em quatro diferentes lugares (Medina del Campo, Burgos, Antuérpia e Alcalá de Henares),[2] tem levado os críticos a entender que houve uma ou duas edições anteriores que seriam a base comum daquelas que chegaram até os nossos dias.

A descoberta da edição de Medina del Campo, divulgada em fins de 1995, veio tornar ainda mais complicado o estabelecimento de um estema que definisse as relações entre as quatro edições de 1554 e delas com a *princeps*. Um dos estudos que revisam a situação anterior é o que consta da edição de Félix Carrasco.[3] O crítico entende que as edições de Medina e Alcalá são as mais próximas da *princeps* e que as de Burgos e Antuérpia decorrem da de Medina. É importante levar em conta que nas duas primeiras consta a data com exatidão: a de Alcalá seria de 26 de fevereiro de 1554; a de Medina diz ser de 1º de março do mesmo ano. Por sua vez, a de Alcalá registra uma advertência: trata-se de uma nova impressão; ou seja, houve pelo menos uma edição anterior, hoje perdida e, com relação a ela, pela primeira vez são incluídos acréscimos.[4] De fato, a edição de Alcalá difere por incluir seis adições (que, em nossa edição, apresentamos em notas de rodapé), perfazendo um total aproximado de duas mil palavras, que parecem ser de outra mão que não a do autor do texto original.

---

[2] De cada uma dessas edições conserva-se apenas um exemplar, com exceção da edição de Antuérpia, da qual são conhecidos seis exemplares.

[3] Félix Carrasco (org.), *La vida de Lazarillo de Tormes, y de sus fortunas y adversidades*, Nova York, Peter Lang, 1997, pp. cv-cxli.

[4] Diz textualmente a edição de Alcalá: "Nuevamente impresa, corregida y de nuevo [entenda-se: "pela primeira vez"] añadida en esta segunda impresión".

Com base nos estudos de Francisco Rico,[5] hoje é possível sustentar que o manuscrito de *Lazarillo de Tormes* não conteria nem a divisão em "tratados" ou capítulos em que as edições de 1554 o fragmentam, nem os títulos destes.[6] De fato, os títulos dos tratados não correspondem ao conteúdo desses capítulos, como seria de se esperar. Da mesma maneira, a continuidade sintática entre o final do terceiro tratado e o começo do quarto, bem como entre o final deste último, que é muito breve, e o começo do quinto, permite pensar que, no manuscrito, o texto era contínuo. Isto é importante, na medida em que mostra que o texto tem uma unidade estrutural muito clara e que não houve, como se pensou durante muito tempo, capítulos não desenvolvidos pelo autor e, consequentemente, que não se trata de obra inacabada.

Quanto ao título do livro, igualmente segundo Rico, é provável que o manuscrito não tivesse nenhum. As quatro edições de 1554 consagram o que pode ter sido obra dos impressores: *La vida de Lazarillo de Tormes, y de sus fortunas y adversidades*. De fato, a personagem, com uma única exceção, é chamada de Lázaro de Tormes ao longo de todo o texto. Tudo indicaria que o impressor, levado pela ideia inicial da ingenuidade do protagonista, que narra predominantemente sua infância, entendeu ser mais adequado o diminutivo para referir-se a ele na portada. Modernamente, no entanto, o título costuma ser simplificado como *Lazarillo de Tormes*.

---

[5] Francisco Rico, "La princeps del Lazarillo. Texto, capitulación y epígrafes de un texto paródico", in *Problemas del "Lazarillo"*, Madri, Cátedra, 1988, pp. 113-5.

[6] Em nossa edição, conservamos a divisão em tratados e os seus títulos (embora estes fiquem à margem e o texto seja impresso de maneira continuada) pois, após tantos anos em que as sucessivas edições respeitaram essa divisão, é necessário mantê-la de alguma maneira para facilitar a localização do texto mencionado nas diversas referências críticas.

Além da existência de várias edições iniciais simultâneas, outros dados fazem supor o sucesso imediato de *Lazarillo de Tormes*. De fato, o impacto causado pelo livrinho e a ideia de que a história admitia uma continuação levaram à publicação, em Antuérpia, já em 1555, de uma *Segunda parte de Lazarillo de Tormes*,[7] igualmente anônima, encadernada junto com o texto inicial.[8] E, logo mais, em 1559, a obra seria censurada: nesse ano, *Lazarillo de Tormes* foi incluído no *Cathalogus librorum qui prohibentur* (Catálogo de livros proibidos), do inquisidor Fernando de Valdés, publicado em Valladolid. Como, apesar da proibição, o livro continuou a ser lido, foi novamente publicado em 1573, numa versão censurada, conhecida como *Lazarillo castigado*, onde, pela mão de Juan López de Velasco,[9] foram suprimidos, na íntegra, os tratados IV e V e diversas frases avulsas. A partir daí, as edições integrais de *Lazarillo de Tormes* só seriam possíveis no exterior: em Milão (1587), Antuérpia (1595) e Bérgamo (1597). Na Espanha, o texto mutilado pela censura teria deixado de interessar, sendo objeto de apenas uma edição nos anos imediatamente seguintes (Tarragona, 1586). Em 1599, no entanto, publicava-se em Madri a primeira parte de *Guzmán*

---

[7] Há uma excelente edição dessa *Segunda parte* anônima, feita por Pedro M. Piñero (Madri, Cátedra, 1988).

[8] Uma outra *Segunda parte de Lazarillo de Tormes*, de autoria de Juan de Luna, seria publicada em Paris em 1620. No mesmo ano, em Madri, Juan Cortés de Tolosa publicava seu *Lazarillo de Manzanares* que, com alguma dificuldade, pode ser visto como uma continuação do primeiro *Lazarillo*.

[9] A edição de Velasco, embora mutilada, é de grande importância, pois tudo indica que o editor-censor baseou-se numa edição anterior às de 1554. Em nossa edição, identificamos os trechos cortados por Velasco com sentido de censura. Outras diferenças (que às vezes também apontamos) teriam origem na edição utilizada por ele, ou seriam simples tentativas de corrigir o texto.

de Alfarache, de Mateo Alemán (1547-1613?), que coincide com *Lazarillo de Tormes* por seu caráter de pseudo-autobiografia de um tipo social semelhante a Lázaro, que o próprio Alemán chama de "pícaro" num dos prólogos à sua obra. Motivado, talvez, pelo enorme sucesso do livro de Alemán, no mesmo ano, também em Madri, o editor Luis Sánchez publica novamente *Lazarillo de Tormes*.[10] Sánchez, logicamente, teve de respeitar a versão censurada, mas ele mesmo acrescenta novos cortes.[11]

Na Espanha, o texto completo de *Lazarillo de Tormes* só voltaria a ser impresso em 1834, em Barcelona, um mês depois de abolida a Inquisição, após a morte de Fernando VII. A censura inquisitorial proibira também a *Segunda parte* anônima que, ao contrário de *Lazarillo de Tormes*, não pôde ser impressa na Espanha, sequer com cortes, até o fim da Inquisição; a sua primeira edição espanhola data de 1844-45.

O AUTOR

A autoria do *Lazarillo de Tormes* foi durante muitos anos e continua sendo hoje tema de longa polêmica, na qual cada críti-

---

[10] No entender de Claudio Guillén (cf. "Genre and Countergenre: the Discovery of the Picaresque", in *Literature as Sistem: Essays toward the Theory of Literary History*, Princeton, Princeton University Press, 1971), Luis Sánchez reeditou *Lazarillo de Tormes* estimulado pelo sucesso que teve o livro de Mateo Alemán, ao perceber a identidade que era possível estabelecer entre ambos os textos. Com isso, teria sido um dos descobridores do gênero picaresco. O outro seria Cervantes, que, em 1605, publicava a primeira parte de seu *Don Quijote de la Mancha*, onde, no capítulo XXII, faz uma de suas personagens, Ginés de Pasamonte, referir-se a *Lazarillo de Tormes* como o modelo de um novo gênero.

[11] Em nossa edição, apontamos também os fragmentos suprimidos por Luis Sánchez.

co pensou ou pensa ter encontrado a solução para um dos maiores enigmas da história da literatura.

Em 1607, o bibliógrafo flamenco Valère André Taxandro, no seu *Catalogus clarorum Hispaniae scriptorum*, atribuiu o *Lazarillo de Tormes* a Diego Hurtado de Mendoza (1503-1575). Essa atribuição foi reiterada em 1608 por Andre Schott em sua *Hispaniae bibliotheca* e tem sido a mais aceita por aqueles que desejavam encontrar, a qualquer preço, o nome de um autor para o *Lazarillo de Tormes*. Salientemos que até na primeira "tradução" brasileira do *Lazarillo de Tormes* ao português — na verdade uma adaptação realizada em 1939 por Antônio Lages, no Rio de Janeiro — a obra é atribuída ao mencionado autor.

Não menos de outros sete nomes — dentre os quais caberia salientar o de Sebastián de Horozco (1510-1580) — têm sido apontados pelos diversos críticos como o do autor do *Lazarillo de Tormes*.[12] No entanto, hoje é quase unânime a aceitação do caráter anônimo do texto. A grande exceção, nos últimos anos, é a enfática atribuição do *Lazarillo de Tormes* a Alfonso de Valdés (erasmista, de origem conversa, nascido na última década do século XV e morto em 1532), sustentada por Rosa Navarro Durán. Além de dois livros, nos quais argumenta profusamente em favor dessa autoria, a catedrática da Universidade de Barcelona é autora do texto introdutório à edição do *Lazarillo* realizada por Milagros Rodríguez Cáceres em 2003, na qual o autor é, sem mais, identificado como Alfonso de Valdés. Rosa Navarro Durán pretende até determinar a data da redação da obra ("Al-

---

[12] Veja-se, nas páginas 31-44 da "Introducción" de Francisco Rico, em sua edição de *Lazarillo de Tormes* (Madri, Cátedra, 1988), um resumo das atribuições da autoria da obra, bem como uma rápida análise das razões que permitem rejeitá-las todas.

fonso de Valdés escribió el *Lazarillo* en un período comprendido entre finales de 1529 y setiembre de 1532", diz ela) e o local da escritura (Itália, Augsburgo ou Regensburg); sustenta que, nas edições conhecidas, faltaria a reprodução de uma folha que, no original, conteria o argumento da obra, separando o "Prólogo" do que seria uma "Dedicatória" (que abrangeria desde "Suplico a Vuestra Merced..." até o final do habitualmente chamado "Prólogo"); entende que "Vuestra Merced" (o destinatário da narração) é uma mulher, cujo confessor seria o Arcipreste de San Salvador; define como referências históricas do relato a primeira expedição a Gelves (1510) e a primeira reunião das Cortes em Toledo por Carlos V (1525); e entende que o modelo comum a *Lazarillo de Tormes* e a *Retrato de la Lozana Andaluza* (de Francisco Delicado, Veneza, 1528) é *La Celestina* (1499?), de Fernando de Rojas. Estas e diversas outras leituras de Valdés estariam profusamente presentes em *Lazarillo de Tormes*, o qual conteria inúmeras coincidências com a obra desse autor. Os argumentos de Rosa Navarro Durán permitem dizer que *Lazarillo de Tormes* pode ter sido escrito por Alfonso de Valdés, embora haja consideráveis diferenças entre o estilo desse autor e o de *Lazarillo de Tormes*; daí a afirmar tão exclusivamente a autoria, sem provas materiais, há um longo percurso. E fica no ar a pergunta sobre a razão de a obra ter permanecido inédita durante os vinte anos que separam sua provável composição (1532) da edição provável da *princeps* perdida (1552?). No entanto, entendemos que a separação entre o "Prólogo" da obra e a "Dedicatória" do seu relato por parte de Lázaro a "Vossa Mercê" é uma contribuição muito positiva da pesquisadora. Assim sendo, em nossa edição explicitamos essa separação.

Por último, em 2010, a paleógrafa Mercedes Agulló y Cobo, em seu livro *A vueltas con el autor del Lazarillo*, ressuscitou a atribuição da obra ao escritor Diego Hurtado de Mendoza, com base no fato de ter ela encontrado, em documentos do inventário de Juan López de Velasco (o censor do *Lazarillo* em 1573), uma menção a "uma pasta com correções feitas para o *Lazarilho de Tormes*" que teria pertencido a Diego Hurtado de Mendoza. No entanto, apesar de certa euforia inicial dos meios de comunicação, os críticos logo entenderam que essa menção fica longe de ser uma prova objetiva. E cresceu a noção de que, talvez, *Lazarillo de Tormes* possa ter sido a única obra escrita por um autor hoje fora do cânone e, assim, praticamente desconhecido, que quis permanecer anônimo. Menos repercussão teve um longo artigo de José Luis Madrigal, "Notas sobre la autoría del *Lazarillo*", publicado em 2008 na revista eletrônica *Lemir*. O autor atribui a autoria de *Lazarillo de Tormes*, com base em complexa argumentação, ao jurista Juan Arce de Otálora (1510/15?-1561), autor de *Coloquios de Palatino y Pinciano*.

Para compreender o anonimato da obra, não se deve desprezar que esse recurso permitiu ao seu autor ficar livre das possíveis consequências da publicação de uma obra que denunciava mordazmente a corrupção social da época. Sobretudo quando essas denúncias atingiam em cheio o clero. O fato de a obra vir a ser censurada apenas cinco anos depois das primeiras edições por nós conhecidas indica o quanto a classe dominante se sentiu atingida. Logicamente, levamos em conta que a publicação se deu ainda sob Carlos I (1517-1556) e a proibição, já sob Felipe II (1556-1598), quando se iniciava a Contra-Reforma. Mas entendemos que os trechos censurados já eram representativos do pensamento erasmista — talvez mesmo de um erasmista decepcionado com o imperador Carlos I — que vinha sendo alvo de perseguição desde a época do imperador. Assim, acreditamos que a motivação realista do texto (que levou muitas vezes a confundir-se o autor da obra com o protagonista-narrador Lázaro de Tormes) facilita o recurso do anonimato, que serve de proteção para alguém que, mesmo dentro do sistema, não deixa de lhe ser marginal.

O GÊNERO

Sem dúvida, o que mais importa para a história da literatura com relação a *Lazarillo de Tormes* é a profunda inovação que a obra representa em termos de modalidade narrativa: o texto anônimo é uma das raízes do romance. No entanto, convém levantar as hipóteses a respeito de como os contemporâneos entenderam a novidade que lhes era colocada nas mãos e que, se diferia — e muito — de quanto estavam acostumados a ver impresso, não podia deixar de ter um apoio na realidade cultural imediata.

Foram necessários muitos anos para que nós, leitores atuais de *Lazarillo de Tormes*, entendêssemos o que era, talvez, bastante óbvio para o leitor do século XVI: o livro reproduzia um escrito dirigido a alguém. A razão da existência do texto seria exatamente esta, e ainda com a forma de resposta a uma solicitação formulada por escrito:

> "E como Vossa Mercê escreve pedindo que lhe escreva e relate o caso bem por extenso, pareceu-me melhor não tomá-lo pelo meio, mas começar bem do princípio, para que se tenha cabal notícia de minha pessoa".

Responder por escrito a um pedido de esclarecimento sobre um caso significa escrever uma carta. Pelo que nos consta, o primeiro leitor atual a registrar a afinidade de *Lazarillo de Tormes* com o gênero epistolar teria sido Claudio Guillén, em 1957. Diz Guillén:

> "*Lazarillo de Tormes* é, em primeiro lugar, uma epístola falada [...] Digo que se trata de uma epístola falada,

com termos um pouco contraditórios, porque parece que escutássemos, sorrateiramente, a confissão que Lázaro faz ao amigo do seu protetor. [...] a confissão pública de Lázaro [...] tem como ouvinte não o leitor mas a pessoa que solicitou o relato. [...] A redação do *Lazarillo de Tormes* é, antes de mais nada, um ato de obediência".[13]

Fernando Lázaro Carreter retomaria a leitura de *Lazarillo de Tormes* como carta, feita por Guillén. Mas com ressalvas. Diz o crítico:

"Por outro lado, não sabemos se Guillén acerta quando a chama de epístola falada. Trata-se de uma carta, sem mais, com alguns precedentes no gênero novelesco, que agigantam a originalidade do nosso autor".[14]

O "sem mais" de Lázaro Carreter nos parece excessivo. *Lazarillo de Tormes* é bem mais do que uma carta, sem dúvida. Francisco Rico, por sua vez, lembra que a impressão de *Lazarillo de Tormes* coincide exatamente com o auge da moda da publicação de cartas ou coleções de cartas.[15] É evidente, no entan-

---

[13] "La disposición temporal del *Lazarillo de Tormes*", *Hispanic Review*, XXV, 1957, p. 268. A tradução é nossa. Claudio Guillén já analisara o sentido de confissão de *Lazarillo de Tormes* na sua tese de doutoramento, de 1953, *The Anatomies of Roguery* (Cambridge, Harvard University, 1987), pp. 431-41.

[14] *"Lazarillo de Tormes" en la picaresca*, Barcelona, Ariel, 1972, p. 42 (tradução nossa).

[15] Ver *"Lazarillo de Tormes*, o la polisemia", in *La novela picaresca y el punto de vista*, Barcelona, Seix Barral, 1970, pp. 15-21; "Nuevos apuntes sobre la carta de Lázaro", in *Problemas del "Lazarillo"*, Madri, Cátedra, 1988, pp. 73-92; ou "Introducción", in *Lazarillo de Tormes*, Madri, Cátedra, 1987, pp. 65-77.

to, que, além disso, *Lazarillo de Tormes* deve ser considerado na perspectiva da inovação que representa e que Rico acertadamente aponta. Assim, não é simplesmente uma epístola que possa ser identificada com as muitas outras que, na época, passam a ser publicadas. Isto porque essa carta carrega o sentido confessional que Guillén apontara ao considerá-la uma "epístola falada". Preferiríamos, por isso, entender que o *Lazarillo de Tormes* adota elementos formais próprios do que seria uma "epístola confessional".

Nesse sentido, mesmo admitindo com Antonio Gómez--Moriana[16] semelhanças estruturais de *Lazarillo de Tormes* com as autobiografias confessionais, o texto anônimo vai muito além do modelo destas, assim como supera o de uma simples carta, na medida em que, a partir da fusão de elementos formais de ambos os gêneros, cria um terceiro: o romance.

O que distinguirá fundamentalmente o romance das cartas ou confissões será o seu caráter ficcional. O autor do *Lazarillo de Tormes* se apodera de traços de modelos de narrativas documentais e acrescenta-lhes um sentido de paródia dos textos ficcionais mais difundidos na primeira metade do século XVI na Espanha: os livros de cavalaria. Isto aparece, por um lado, em alguns aspectos analógicos: Lázaro "de" Tormes, como Amadís "de" Gaula, nasce à beira de um rio; o autor utiliza expressões típicas da linguagem arcaizante dos livros de cavalaria: "de toda su fuerza" ("com toda a força que tinha"); "contome su hacienda" ("contou-me sua vida"); "dándome relación de su

---

[16] Ver "Sobre la función del 'yo' narrante en el *Lazarillo de Tormes*", in *Boletín de Filología Española*, 42-45, 1972; "La subversión del discurso ritual. Una lectura del *Lazarillo de Tormes*", in *Imprévue*, 1980, 1, pp. 63-89; "La subversión del discurso ritual — II", in *Imprévue*, 1980, 2, pp. 37-67; e "Autobiographie et discours rituel", in *Poétique*, 56, nov. 1983, pp. 444-60.

persona valerosa" ("dando-me notícias de sua valorosa pessoa");[17] e, no início, anuncia a narrativa de "coisas tão assinaladas, e por ventura nunca ouvidas nem vistas". Mas o fundamental com relação à paródia dos livros de cavalaria está nas diferenças: a eliminação do narrador onisciente e sua substituição pelo narrador-protagonista; a criação do leitor moderno; o protagonista que deixa de ser o herói modelar da ficção de cavalaria para dar lugar ao anti-herói que parodia aquele, ponto por ponto; o "grosseiro estilo", diverso do daquele tipo de narrativas, propositadamente adotado; e a presença de coordenadas históricas e geográficas imediatas e concretas, das quais sempre careceram os livros de cavalaria.

A eliminação do narrador onisciente no *Lazarillo de Tormes* nos coloca, como diz Américo Castro,[18] no interior da experiência do próprio protagonista. Dessa maneira, já não estaremos perante a reiteração de um estereótipo narrativo que não pode sofrer maiores variações, como era o caso do herói dos livros de cavalaria. O texto não mais será a expressão do que acontece a alguém, mas do homem existindo no que acontece.[19] E a série de acontecimentos não fica aberta — como nos livros mencionados — mas se fecha na conclusão de um processo explicado no universo existencial do protagonista. O *Lazarillo de Tormes* já é, assim, um romance.[20]

---

[17] Cf. Francisco Rico, *Lazarillo de Tormes*, Madri, Cátedra, 1987, p. 14, n. 6.

[18] "El *Lazarillo de Tormes*", in *Hacia Cervantes*, Madri, Taurus, 1957, p. 107.

[19] Cf. Américo Castro, *De la edad conflictiva*, 4ª ed., Madri, Taurus, 1976, p. 210.

[20] Não podemos deixar de registrar a excelente argumentação de Francisco Rico ("Lázaro de Tormes y el lugar de la novela", in *Problemas del "La-*

Pertence igualmente ao universo do romance a criação de um leitor moderno a partir do enunciado no "Prólogo" sobre as duas leituras possíveis do texto:

"Eu tenho por bem que coisas tão assinaladas, e porventura nunca ouvidas nem vistas, cheguem ao conhecimento de muitos e não se enterrem na sepultura do esquecimento, pois pode ser que alguém que as leia nelas encontre algo que lhe agrade, e àqueles que não se aprofundarem muito, que os deleite".

Ou seja, o autor deixa aberta a possibilidade de se ler o texto concordando com ele ("agrade") quanto a um sentido mais profundo, que não seria necessariamente percebido pelos leitores que, numa leitura menos penetrante, atingissem apenas o deleite. Coloca-se, assim, a base do leitor moderno — o leitor de romances —, decodificador de textos cuja estrutura fechada, montada com base em relações de causalidade, envolve sentidos abertos.[21] É instigante esse convite do autor ao leitor para descobrir sentidos ocultos na narrativa em primeira pessoa de um protagonista marcado pela incapacidade de enxergar a si mesmo.

---

zarillo", Madri, Cátedra, 1988, pp. 153-80), que tão acertadamente analisa como se processa, no *Lazarillo de Tormes*, a passagem do leitor do universo do pseudodocumento ao da ficção, dando-se, assim, origem ao romance.

[21] Esta função do leitor faz parte da construção do gênero romance, que será complementada por Cervantes, no seu *Don Quijote de la Mancha*, dirigido explicitamente a um, até então, "desocupado leitor" (Cf. "Prólogo" à primeira parte do *Don Quijote*). Com efeito, no *Don Quijote*, o narrador, embora de terceira pessoa, não é onisciente, e deixa para o leitor a tarefa de escolher entre as diversas perspectivas da realidade que as personagens do romance lhe apresentam.

O ANTI-HERÓI

No contexto da colocação das bases do romance como gênero, além da incorporação do narrador de primeira pessoa à narrativa ficcional, *Lazarillo de Tormes* significa fundamentalmente a instauração do anti-herói como protagonista e eixo estrutural de um texto ficcional narrativo.

Lázaro se mostra anti-heroico à luz dos heróis modelares — modelares no tipo e na "conduta" — presentes na ficção da época, isto é, nas novelas de cavalaria. O herói dessas narrativas se caracteriza por levar aos extremos mais inverossímeis uma série de qualidades vistas como positivas por seus leitores contemporâneos. O exercício das virtudes do cavaleiro andante se dá no sentido de projetar benefícios para além de si próprio, arriscando simultaneamente tudo aquilo que ele é e possui, particularmente a própria vida. Lázaro de Tormes é o negativo desse herói, não apenas porque carece de todas as suas virtudes, mas porque todas as suas ações se destinam a seu próprio proveito.

Esse sentido deliberadamente anti-heroico do protagonista está não apenas no caráter paródico do texto com relação aos livros de cavalaria, mas também na sua frontal oposição ao valor fundamental da sociedade da época: a honra. Isto começa pela deliberada apresentação da nada honrosa genealogia do protagonista e se desenvolve mediante o relato de uma existência que culmina numa clara situação de desonra. A invocação da honra como motivação de sua narrativa, feita pelo autor no "Prólogo", reveste-se, assim, de sentido irônico e satírico; e ainda mais quando as três categorias sociais ali referidas como movidas pelo mesmo sentimento — o soldado, o clérigo e o senhor — sintetizam a totalidade dos pouco honrados amos de Lázaro, com exceção do Cego.

O protagonista de *Lazarillo de Tormes* empreende, assim, a derrubada dos mitos da heroicidade mediante a denúncia do vazio em que se apoia a sociedade que os cultua.

O PRIMEIRO ROMANCE PICARESCO

Na época do aparecimento do *Lazarillo de Tormes*, a palavra "pícaro" serviria, em espanhol, para designar os rapazes que ajudavam nas cozinhas. Estendeu-se, depois, a todo tipo de desocupado ou subempregado que, sobrevivendo pela astúcia, atingia facilmente a delinquência. Em 1599, apareceria a primeira parte do romance *Guzmán de Alfarache*, de Mateo Alemán. Seu protagonista foi imediatamente identificado com os pícaros da vida real e seus leitores perceberam logo claras analogias entre *Guzmán de Alfarache* e *Lazarillo de Tormes*. Passou-se, assim, a falar em "romances picarescos" para designar estes dois e uma série de textos publicados na Espanha durante a primeira metade do século XVII. Estes dois, junto com *La vida del Buscón*, de Francisco de Quevedo (1580-1645), costumam ser considerados o núcleo desse conjunto clássico espanhol.

O romance picaresco iria se projetar, posteriormente, no restante da Europa, onde — principalmente na Alemanha, Inglaterra e França — registram-se romances inspirados no modelo espanhol, publicados durante os séculos XVII e XVIII. Nos séculos XIX e XX é possível verificar, em diversas literaturas, especialmente ibero-americanas, o aparecimento de narrativas que, propositadamente ou não, correspondem ao que poderia ser um conceito de romance picaresco.[22]

---

[22] Veja-se o nosso livro *A saga do anti-herói* (São Paulo, Nova Alexandria, 1994), no qual, além de analisar as obras do núcleo da picaresca clássica espanhola e de estabelecer, a partir disso, um conceito operacional de "romance

Lazarillo de Tormes é o ponto de partida dessa longa série. Tentar definir o que é um romance picaresco não é tarefa fácil.[23] Um trabalho nesse sentido merecidamente conhecido é o artigo de Claudio Guillén "Toward a Definition of the Picaresque".[24] No entanto, procurando um enunciado mais sintético, propomos entender o romance picaresco como a pseudo-autobiografia de um anti-herói — o pícaro —, definido como um marginal à sociedade, cujas aventuras, por sua vez, são a síntese crítica de um processo de tentativa de ascensão social pela trapaça e representam uma sátira da sociedade de sua época.

O principal traço formal da picaresca é — ao menos em seus primórdios — seu caráter autobiográfico, ou seja, o narrador de primeira pessoa. Contudo, já na Espanha do século XVII, haverá romances picarescos com narrador de terceira pessoa, o que nos leva a não impor a autobiografia como *conditio sine qua non* para o caráter picaresco de um romance. Em *Lazarillo de Tormes*, a introdução da primeira pessoa narrativa é um dos traços da ruptura com o modelo do narrador onisciente de terceira, cuja autoridade era fundamental nos livros de cavalaria.

É conveniente levar em conta que Lázaro e os pícaros clássicos, em geral, apresentam-se como portadores de um projeto

---

picaresco" (enunciado logo a seguir), estudamos a expansão do gênero e, particularmente, as correspondências que com ele podem ser determinadas no "romance malandro" brasileiro.

[23] Cabe aqui salientar a diferença que separa a noção evocada em português pelo termo "picaresco" ("burlesco, cômico, ridículo") daquela que, em espanhol, refere-se fundamentalmente a uma forma narrativa, tal qual expomos a seguir.

[24] Ver *Literature as System: Essays toward the Theory of Literary History*, Princeton, Princeton University Press, 1971, pp. 71-106.

pessoal de ascensão social. No entanto, eles excluem desse projeto o trabalho, já que este, na Espanha dos Áustrias (1517-1700), aparecia muito mais como um obstáculo à ascensão, visto que a não dependência do trabalho era requisito para a obtenção de títulos de nobreza. O "homem de bem" ao qual o pícaro deseja assimilar-se não pertence ao universo do trabalho. Pelo contrário, sua aparência o distingue claramente deste. Assim sendo, o pícaro procura parecer, o quanto antes, um "homem de bem", e, para tanto, terá na obtenção da roupa adequada um dos seus alvos mais imediatos.

A realização do projeto ascensional do pícaro não pode ter, portanto, outro caminho senão o da aventura, que, no seu caso, é inseparável da trapaça, aspectos que, mesmo que minimamente, já constam do processo a que se submete Lázaro.

Assim, os romances picarescos terão sempre um intenso sentido de sátira social. No caso dos romances picarescos espanhóis clássicos, a sátira visa os mecanismos de ascensão social válidos numa sociedade que rejeitava por princípio os valores básicos da burguesia e na qual o parecer prevalecia nitidamente sobre o ser.

O "PRÓLOGO"

É imprescindível, para a compreensão do sentido da obra, determo-nos na análise do segmento que se tem convencionado chamar de "Prólogo". Mesmo que a separação do mesmo não constasse no manuscrito, não há dúvida de que qualquer leitor estabelece um corte entre ele e o seguinte.

Da mesma maneira como os impressores fragmentaram o texto do manuscrito em "tratados" que não existiam no original e chamaram de "Prólogo" o seu começo, cabe pensar que também podem ter fundido, nesse "Prólogo", segmentos que não estariam unidos no original. É evidente que há um corte[25] no atual "Prólogo", no momento em que o leitor é surpreendido pela referência a "Vuestra Merced" como destinatário de um texto que, até agora, parecia dirigido simplesmente ao leitor implícito em toda narrativa escrita. Rosa Navarro Durán[26] entende, até, que entre o primeiro e o segundo segmentos do "Prólogo" haveria uma página (perdida) contendo o "Argumento" da obra.

Assim sendo, é possível atribuir o "Prólogo", até a mencionada referência, a um autor implícito que não é Lázaro. Depois, Lázaro toma a palavra para realizar seu propósito de dar completa notícia de sua pessoa, o que já é parte da narrativa anunciada no segmento inicial, o único que merece o nome de "Prólogo".

Dessa forma, até chegarmos ao "Suplico a Vossa Mercê...", há um "Prólogo", hipótese corroborada pelo fato de o autor repetir motivos habituais em prólogos. Há um autor, portanto, nesse segmento. Como escritor, ele quer ganhar o interesse do público e, assim, lança mão de um lugar-comum nos prólogos, mas que, com relação à sua história, chega a soar irônico:

> "Eu tenho por bem que coisas tão assinaladas, e porventura nunca ouvidas nem vistas, cheguem ao conhecimento de muitos e não se enterrem na sepultura do esquecimento [...]".

---

[25] Em um texto publicado anos atrás ("El 'Prólogo', clave para la lectura del *Lazarillo de Tormes*", *Anuario Brasileño de Estudios Hispánicos*, III, 1993, pp. 115-20), já apontávamos para o corte que separa o que seria um "Prólogo", estritamente, do que parece ser uma carta-confissão.

[26] Ver Alfonso de Valdés, *La vida de Lazarillo de Tormes y de sus fortunas y adversidades*, introducción de Rosa Navarro Durán, edición y notas de Milagros Rodríguez Cáceres, Barcelona, Octaedro, 2003, p. 15.

A fórmula se destinaria normalmente a exaltar histórias de ações extraordinárias. Mas o que vai ser narrado é o menos extraordinário que o leitor do século XVI podia imaginar. Então, não tem sentido. A menos que a leitura seja outra: o autor quer levantar todo o contexto do "caso" que centra a narrativa posterior de Lázaro, ou seja, uma sociedade podre que ninguém até então denunciara como ele o fará. O duplo sentido da obra está já na primeira frase. E, como dissemos acima, o autor advertirá a seguir explicitamente quanto à existência, ao longo de toda a narrativa, desse duplo sentido. A frase continua assim:

"[...] pois pode ser que alguém que as leia nelas encontre algo que lhe agrade, e àqueles que não se aprofundarem muito, que os deleite".

Portanto, há duas possibilidades de se ler *Lazarillo de Tormes*: a primeira será a daqueles que estiverem à procura das segundas intenções do texto; estes atingirão o sentido buscado pelo autor; a segunda, aquela que não aprofunda muito, levará ao deleite.

O "Prólogo" segue com uma citação de Plínio o Jovem — que cita, por sua vez, seu tio Plínio o Velho — para reforçar, perante o leitor menos seduzido pela novidade do assunto, a possibilidade de encontrar mais do que ele poderia supor no texto que tem nas mãos. Tudo visa a conquistar o leitor, ou seja, tudo caracteriza uma atitude de escritor, e não apenas de simples narrador. De fato, a argumentação justifica a publicação:

"Por isso, nenhuma coisa deveria ser destruída ou desprezada, a menos que fosse muito detestável; antes, que chegasse ao conhecimento de todos, principalmente sendo sem prejuízo e podendo-se dela tirar algum proveito".

A frase seguinte reforça o destino necessariamente público que deve ter um texto escrito:

"Porque, se assim não fosse, muito poucos escreveriam para um só [...]".

E o autor explica as razões:

"[...] pois isso não se faz sem trabalho, e, já que o têm, querem ser recompensados, não com dinheiro, mas com que vejam e leiam suas obras e, se forem merecedoras, que sejam elogiadas".

O parágrafo se fecha com a citação de Cícero:

"A esse propósito diz Túlio: 'A honra cria as artes'".

A citação de Cícero contém o elemento — "a honra" — que permitirá estabelecer uma ponte com o sentido mais profundo da obra e diferenciar o autor do "Prólogo" do narrador-protagonista do restante do texto, que contará exatamente um caso de desonra.

A seguir, como ilustração da citação de Cícero, são enunciados três casos exemplares nos quais "o desejo de ser louvado" funciona como motor das ações humanas: o primeiro é o do soldado que se expõe ao perigo; o segundo, o do eclesiástico que, contra a humildade que dele se poderia esperar, não recusa os elogios à sua predicação; o terceiro é o do senhor que recompensa uma louvação hipócrita.

A honra, pois, o desejo de se ver elogiado, será o motivo que levou o autor a publicar a narrativa de Lázaro:

"E tanto vai a coisa dessa forma, que, confessando que não sou mais santo que meus vizinhos, desta nonada, que neste grosseiro estilo escrevo, não me pesa que tomem parte e com isto se divirtam aqueles que nela algum prazer encontrarem, e vejam como vive um homem com tantas desgraças, perigos e adversidades".

Na explicação de que o autor do *Lazarillo de Tormes* escreve para ganhar o elogio de seus leitores deve-se apontar o paradoxo de um texto que, escrito com tal propósito, não aparece assinado por ninguém. Se o autor, claramente, não quer identificar-se, cabe pensar numa enorme ironia: talvez a "honra" de levar a público uma narrativa como a de Lázaro pudesse ter graves consequências. Mais ainda, a referência final ao desejo do autor de que os leitores "vejam como pode viver um homem com tantas desgraças, perigos e adversidades" é ambígua. No limite entre a voz do autor, que aqui se apaga, e a voz de Lázaro, que aparece pela primeira vez na frase seguinte, o texto tanto pode referir-se à atribulada existência de Lázaro quanto — por outros motivos — à vida nada fácil do autor da obra.

A "DEDICATÓRIA"

O corte muito brusco que marca o aparecimento da voz de Lázaro indica que o segmento a seguir não deve ser confundido com o "Prólogo" que líamos até aqui. A frase inicial desse segmento permite entender que estamos diante de uma "Dedicatória", como quer Milagros Rodríguez Cáceres,[27] pela qual já não o autor do livro mas a personagem que logo irá identificar-se como Lázaro de Tormes encaminha sua autobiografia a alguém que designa como "Vossa Mercê", ou seja um superior na hierarquia social:

---

[27] Idem, p. 109.

> "Suplico a Vossa Mercê que receba este pobre serviço das mãos de quem o faria muito mais rico, se seu poder e desejo estivessem em conformidade".

A irrupção do "Vossa Mercê" leva o leitor a um primeiro estágio de mudança de perspectiva: o texto que lê está dirigido a alguém real; por conseguinte, ele começa a aparecer como uma história documental, elaborada por alguém que a escreve a pedido de outrem. O parágrafo seguinte obriga o leitor a dar mais um passo na definição da expectativa que o início da leitura criara:

> "E como Vossa Mercê escreve pedindo que lhe escreva e relate o caso bem por extenso, pareceu-me melhor não tomá-lo pelo meio, mas começar bem do princípio, para que se tenha cabal notícia de minha pessoa".

O texto, portanto, está dirigido a alguém como resposta a um pedido formulado por escrito. A noção de "carta" está clara, agora, e faz deixar de lado qualquer outra perspectiva. Mas essa é apenas a motivação externa do texto. Há uma motivação interna que, por sua vez, faz com que a carta não seja apenas uma carta: ela contém, além da história pessoal de quem a assina, um modo de ver e de entender a sociedade:

> "E também para que considerem os que herdaram uma nobre situação quão pouco se lhes deve, já que Fortuna foi com eles parcial, e quanto mais fizeram aqueles que, sendo-lhes ela contrária, remando com força e manha contra a maré, chegaram a bom porto".

Na sociedade, para Lázaro de Tormes, haveria dois grupos: "os que herdaram uma nobre situação" e "aqueles que, sendo-lhes ela [a Fortuna] contrária, remando com força e manha contra a maré, chegaram a bom porto". O texto quer desmascarar os primeiros para exaltar os segundos, dentre os quais se encontra o próprio Lázaro. Em princípio, pareceria tratar-se de uma rejeição da nobreza de sangue e de um elogio da mentalidade burguesa; no entanto, isso será desmentido pela atitude de Lázaro no final. Remar, para Lázaro, não será trabalhar, nem especular, mas "juntar-se às pessoas de bem", como vira sua mãe fazer e como ele próprio faria depois.

Outro aspecto desse "remando" merece nossa consideração: é um remar "com força e manha". O trabalho e a especulação, respectivamente, pareceriam ocultar-se sob esses dois apostos. Na prática, porém, a "força" de Lázaro e dos pícaros é paródia da violência do conquistador, versão real do cavaleiro andante, e "manha" é a astúcia, única arma com que o pícaro conta *ab initio*, e que será usada de maneira desviada, com relação ao ideário da futura burguesia.

Mas devemos levar em conta que quem está falando neste segmento é um Lázaro que já não enxerga a si próprio (ou que não quer se enxergar), na sequência final do texto. E, nele, o funcionário real acomodado, o homem corrompido ao longo de sua história, pode disfarçar de legítimo o tortuoso caminho percorrido para chegar até o que ele considera "o auge de toda boa fortuna", uma fortuna que, com minúscula, encarna a "vitória" sobre a "Fortuna contrária" da "Dedicatória".

Com isso, o leitor, que começou sendo colocado perante a narração de uma história, descobre que, em primeiro lugar, essa história tem um emissor de primeira pessoa e um destinatário explícito, com quem ele, o leitor, passará a compartilhá-la; e, em segundo lugar, essa história não é senão a vida de alguém, narrada no que parece ser uma longa carta autêntica. Como Rico demonstra tão bem, inicia-se um longo engano, do qual o leitor só sairá nos parágrafos finais do texto.

A ESTRUTURA

Foi corrente durante muito tempo a afirmação de que *Lazarillo de Tormes* — e após ele todos os romances picarescos — se caracterizava pela falta de composição, tendo como único traço estrutural a sequência de aventuras.

A noção de que o *Lazarillo de Tormes* pudesse ter "continuações" — e que ampara as que começaram a ser publicadas logo após o aparecimento do livro — prova que os leitores contemporâneos à sua publicação — como muitos outros até os nossos dias — não viram nele um fecho final e, por conseguinte, não percebiam que o texto estivesse montado sobre uma estrutura com começo, meio e fim. Talvez para os leitores do século XVI isto seja compreensível, na medida em que, ao descobrirem o caráter ficcional do *Lazarillo de Tormes*, perceberiam também seu caráter paródico com relação aos textos ficcionais preferidos na época. Estes se caracterizavam pela seriação infinita de aventuras, seriação esta apoiada tanto no caráter plano quanto na invencibilidade do protagonista, o cavaleiro andante.

Outro fato que contribuiu para que se visse no *Lazarillo de Tormes* uma sequência inorgânica foi, sem dúvida, a incoerente fragmentação em "tratados", que permitia pensar numa obra inacabada. Hoje, se aceitarmos a tese de Rico antes mencionada, no sentido de que a fragmentação em capítulos não foi obra do autor do texto, impõe-se uma leitura que prescinda, ao menos em parte, dessas divisões. Assim, nós, leitores do século XXI, cada vez mais tendemos a perceber que o *Lazarillo de Tormes* não é uma sequência infinita de aventuras.

Dessa maneira, pensamos que, após o chamado "Prólogo" e a "Dedicatória", temos quatro sequências narrativas que chamaremos: 1) "Infância" (abrangendo até a despedida da mãe, que entrega Lázaro ao Cego); 2) "Aprendizado" (abrangendo os três primeiros amos, e passível de ser subdividida em três subsequências, uma para cada um destes); 3) "Progressão" (abrangendo do Frade das Mercês até o Capelão); 4) "Integração" (do Oficial de Justiça até o final).

A totalidade do *Lazarillo de Tormes* pode ser vista como a narração de um processo em que o protagonista evolui da mais absoluta passividade até o desenvolvimento de uma atividade — o ofício de pregoeiro; o que significa partir das origens da personagem para chegar até a defesa pública da sua condição de homem honrado, cujo corolário é a redação da carta a "Vossa Mercê", isto é, a composição do texto.

Assim, o máximo da passividade dá-se ao longo da sequência "Infância", na qual a personagem é um mero espectador de uma série de episódios (a prisão e desterro do pai, a sua partida para Gelves, onde iria morrer, o amancebamento da mãe, o nascimento do meio irmão, os furtos do Zaide, a denúncia e condenação de ambos, o serviço da mãe na estalagem da Solana, a chegada do Cego, sua partida com ele).

A sequência do "Aprendizado" está marcada pela fome, cuja superação marcará também a passagem para a sequência seguinte, a da "Progressão". Mas, ao contrário do que seria de esperar, ao longo do "Aprendizado", Lázaro não avança na solução da própria fome; pelo contrário, se com o Cego ele encontra como se alimentar e até como beber vinho, isto se faz bem mais difícil com o Clérigo de Maqueda, de cuja religiosidade Lázaro poderia esperar melhor tratamento; e, já com o Escudeiro — cuja aparência leva Lázaro a pensar que tinha achado a solução definitiva para a fome — o drama não só aumenta, como Lázaro mal sobrevive, tendo inclusive de sustentar ele próprio o seu amo.

Mas essa inversão crescente das expectativas define exatamente o caráter de "aprendizado" da sequência. Trata-se de uma série de frustrações que parecem reprisar a primeira lição de vida que recebera: a do Cego, ao frustrar sua inocente expectativa de ouvir um grande barulho dentro do touro de pedra à saída de Salamanca. Naquela oportunidade, Lázaro chega à conclusão que marca um dos momentos típicos dos pícaros clássicos, o da conscientização:

> "Pareceu-me que naquele instante despertei da inocência em que, como criança, estava adormecido. Pensei lá no fundo: 'O que ele diz é verdade. Devo abrir bem os olhos e ficar esperto, pois sou sozinho e tenho que aprender a cuidar de mim'".

Mas Lázaro iria levar muitos outros golpes contra diversos touros de pedra antes de sair da sua simplicidade. A decepção crescente na expectativa de matar a fome seria um deles. Outra inversão nos fatores do aprendizado é o desenlace do relacionamento com seus amos. A maturidade seria atingida a partir do Frade das Mercês, o primeiro de quem Lázaro se desliga conscientemente. Depois, separar-se-á do Buleiro, rescindirá o contrato verbal com o Capelão e desfará o trato com o Oficial de Justiça. Mas, com os três primeiros amos, a ruptura final da relação é conflitiva, numa inversão crescente da norma, que acaba no paradoxo: se, com o Cego, Lázaro provoca a ruptura violentamente, com o Clérigo será despedido e, com o Escudeiro, chegará ao inesperado abandono por parte de seu amo, que o levará à seguinte reflexão:

> "Assim como contei, deixou-me o meu pobre terceiro amo, fazendo-me comprovar a minha má sorte que, voltando-se sempre contra mim, virava tudo do avesso. Tanto que, normalmente, os amos são abandonados pelos criados, e comigo isso não ocorreu: foi o meu amo quem me abandonou, fugindo de mim".

Lázaro está no anticlímax da sua trajetória de ascensão social. No entanto, aprendera não apenas a lidar com a fome, mas a ser o dono da situação com relação aos amos.

A sequência que chamamos "Progressão" significa o caminho para a saída definitiva desse anticlímax. Ela se desenvolve através de quatro amos: o Frade das Mercês, o Buleiro, o Mestre de pintar pandeiros e o Capelão. Apenas o segundo e o quarto merecem de Lázaro uma narração mais extensa. Não porque os demais sejam capítulos incompletos — como a crítica pensou muitas vezes —, mas porque a carta de Lázaro está explicitamente montada sobre uma seleção de momentos que servem para a melhor compreensão do "caso" que ele deve esclarecer perante o destinatário. Assim, por exemplo, Lázaro não se detém em narrar todos os fatos acontecidos na sua relação com o Cego, mas escolhe os que acha mais ilustrativos. Diz ele:

> "E para que veja Vossa Mercê a que ponto chegava a engenhosidade do astuto cego, contarei um caso, dos muitos que com ele me ocorreram, no qual, parece-me, ele mostrou muito bem sua grande astúcia".

E depois:

> "Entretanto, para não ser prolixo, deixo de contar aqui muitas coisas, tanto engraçadas como dignas de nota, que com esse meu primeiro amo me aconteceram".

Por outro lado, hoje, de acordo com Rico,[28] podemos entender que a fragmentação do texto, que dá ao episódio com o Frade a relevância de um "tratado", não teria sido obra do autor do *Lazarillo de Tormes*.

---

[28] "La princeps del *Lazarillo*. Texto, capitulación y epígrafes de un texto paródico", in *Problemas del "Lazarillo"*, Madri, Cátedra, 1988, pp. 113-51.

O Buleiro e o Capelão são, assim, os dois momentos de maior importância na sequência. O primeiro por ser a mais explícita e relevante amostra de hipocrisia, traço comum a todos os amos de Lázaro. O segundo porque, mediante sua relação contratual com Lázaro, leva-o a um universo novo, o do incipiente comércio e da iniciativa individual que, se jamais poderia torná-lo rico, fornece-lhe os recursos indispensáveis para atingir o mais baixo degrau de aparências, a partir do qual Lázaro conseguirá integrar-se socialmente, na sequência final da narrativa.

O início da sequência "Progressão" está marcado pela ausência do fantasma da fome. A boa vida do Frade mercedário parece ter boas repercussões no estômago do seu criado, que não mais alude à angustiante falta de comida. O fim da relação virá por causa dos sapatos rotos e das "outras coisinhas que não digo", sobre cujo enigmático sentido não julgamos necessário polemizar aqui.

Após a experiência com o Buleiro, na qual não aparece a fome — pelo contrário, a edição de Alcalá acrescenta "embora ele me alimentasse bem, à custa dos padres e outros clérigos dos lugares aonde ia predicar" —, e após a rápida função de ajudante do Mestre de pintar pandeiros, Lázaro conhece o Capelão da catedral toledana, com o qual ocorre uma grande mudança: pela primeira vez, Lázaro não é um servo, mas um empregado, com certa autonomia até. Pela primeira vez, há um contrato, mesmo que verbal, que será a base da relação.[29] Pela primeira e única vez,

---

[29] O tipo de contrato de Lázaro com o Capelão aparecerá outras vezes na história. No Brasil, nos primeiros decênios do século XIX, existiram os "escravos de ganho", cujos senhores permitiam que fizessem seu "ganho" prestando serviços ou vendendo mercadorias, cobrando-lhes, em troca, uma quantia fixa paga por dia ou por semana (cf. Boris Fausto, *História do Brasil*, 7ª ed., São Paulo, Edusp, 1999, p. 68).

também, Lázaro pertence ao universo do trabalho num mundo vizinho ao da produção (já que o ofício real tem uma conotação de emprego público que o afasta da relação econômica de mercado). Mas Lázaro entende que não é esse o caminho mais curto para se firmar definitivamente do ponto de vista sócio-econômico. Explicitamente, avalia o episódio como um degrau para atingir outras instâncias:

> "Este foi o primeiro degrau que escalei para chegar a alcançar boa vida [...]".

Concretamente, o que Lázaro consegue são os recursos para adquirir a mínima aparência de "homem de bem". Após poupar durante quatro anos, consegue comprar uma roupa usada e uma espada. E ele próprio associa isto à rejeição do trabalho:

> "Desde que me vi em hábito de homem de bem, disse a meu amo que ficasse com seu burro, pois eu não queria mais continuar naquele ofício".

Entendemos essa afirmação de Lázaro como o ponto de partida, no romance picaresco, da oposição "pícaro/homem de bem",[30] os dois pólos da escala sócio-econômica cujos degraus normais (o trabalho, a especulação) não são válidos na Espanha dos Áustrias, onde o conquistador é o modelo social consagrado para a acumulação de riquezas e ascensão social. Como já dissemos, Lázaro e os demais pícaros procuram valer-se da aparência — valor fundamental nessa sociedade — para subir na vida.

---

[30] A partir deste momento, Lázaro, sem perceber, passa a ser a caricatura do escudeiro, que também, tal como ele agora, considerava-se um "homem de bem" unicamente em função de sua aparência.

No início da sequência "Integração", Lázaro, trajado como homem de bem, espada na cintura, pensa por um instante que aproveitar essa aparência para se colocar ao serviço da justiça poderia abrir-lhe as portas da boa vida almejada. Mas logo descobre que isso envolve perigos reais. E o nosso herói parte à procura de águas mais tranquilas.

Lázaro faz significativos rodeios para explicar como escapou de vez da vida de sacrifícios que levara até então. Explica que estava à procura de um modo de viver mais definitivo, à procura de sossego e pensando na velhice; que contou com o favor de amigos e senhores; que obteve, assim, o que procurava: "um ofício real, pois vi que só prosperam os que o têm", ou seja, o único caminho de ascensão social que se encaixava no seu projeto. E faz outro rodeio para dizer o nome do ofício real obtido:

"É que tenho o cargo de apregoar os vinhos que se vendem nesta cidade, os leilões e as coisas perdidas e acompanhar os que padecem perseguições da justiça, declarando seus delitos. Pregoeiro, para falar claramente".

A descrição prévia do ofício e a ressalva final nos fazem pensar que Lázaro tem vergonha de declará-lo. Afinal, sabe-se que o ofício de pregoeiro era um dos de mais baixa categoria, superior em hierarquia apenas ao de carrasco, os dois únicos a que podiam aspirar os cristãos-novos.

Mas pregoeiro era ofício real, caminho para se arrumar na vida, segundo acaba de declarar. Se não pelo salário, com certeza pelas relações que ele possibilitaria. Por exemplo, com o Arcipreste de San Salvador, amigo de Vossa Mercê, o destinatário da carta. A história da ascensão social, que no fundo é muito mais importante do que a explicação do "caso" invocado no "Prólogo", estava completa.

O SENTIDO CRÍTICO

Da análise anterior decorre claramente que Lázaro não é apenas o protagonista de uma história pessoal de ascensão social até certo ponto inusitada, se levarmos em conta o imobilismo social imposto durante séculos pelas classes dominantes e ainda muito forte na Espanha do século XVI. É muito mais o agente da denúncia do preço a ser pago por essa ascensão.

Lázaro começa sendo a criança que simplesmente vê os fatos acontecerem. Muito cedo, no entanto, já é capaz de analisar alguns desses fatos. Assim, a primeira de suas reflexões a registrar é quando percebe a contradição do meio-irmão negro que se assusta com a cor escura do pai:

"Quantos não deve haver no mundo que fogem dos outros porque não enxergam a si mesmos!".

Mas essa mesma reflexão nos leva a constatar que, no final de sua história, Lázaro é capaz de lembrá-la ao escrever, mas não de perceber o quanto ela pode ser-lhe aplicada integralmente. O que nos coloca perante a constatação de que alguma coisa de mais grave deve ter acontecido ao longo da história de Lázaro.

O acontecido é, justamente, a perda dessa precoce capacidade crítica — ou, ao menos, da capacidade de formular o pensamento crítico — porque a ascensão de Lázaro culmina numa integração aos estratos inferiores da classe dominante, o que exige silenciar essa capacidade.

Assim, nesse processo de alienação de Lázaro reside o sentido crítico mais intenso do romance. Porque, ao longo da sua trajetória, Lázaro se depara com seres que, fundamentalmente, negam em suas ações o que parecem ser. E o grande aprendizado de Lázaro, inicialmente destinado a simplesmente sobreviver, evolui para a preservação da aparência. A sua própria narrativa não será, em última instância, mais que um gesto destinado a justificar perante "Vossa Mercê" o seu caráter de "homem de bem" que, na verdade, não tem mais fundamento que o daqueles com quem aprendeu a fingir.

No conjunto, portanto, o mais grave não é a denúncia da hipocrisia dos homens vinculados à Igreja, alvo principal, sem dúvida, da crítica, nem a caricatura da honra realizada com base no Escudeiro. O mais grave é a incapacidade de Lázaro de se ver como membro do mesmo universo corrompido que denuncia; a sua incapacidade de perceber que o Arcipreste que agora o protege é tão corrupto como todos os eclesiásticos anteriores; ou que ele próprio não é senão caricatura da caricatura que era o Escudeiro.

Por outro lado, parece-nos pertinente a conexão que outros críticos já fizeram.[31] Vale notar que o narrador-protagonista do *Lazarillo de Tormes* é um funcionário do Império, talvez o menor de todos, mas faz parte da estrutura que encarna a ideologia sustentadora dessa sociedade de aparências. Nela, o indivíduo é massacrado, como é massacrado o próprio Lázaro, que não tem outra função a não ser a de apoio para uma sociedade alienante e um Estado todo-poderoso. A vizinhança entre a história de Lázaro e esse Estado fica explícita quando o texto se fecha com a menção da entrada do Imperador em Toledo e das festas ocorridas na ocasião. Não se trata de pretender com isso datar os fatos, mas de situar uma história aparentemente insignificante no contexto que lhe dá um último sentido.

---

[31] Ver Julio Rodríguez-Puértolas, "*Lazarillo de Tormes* o la desmitificación del Imperio", in *Literatura, historia, alienación*, Barcelona, Labor, 1976, pp. 173-99.

MOEDAS CUNHADAS
NO REINO DE CASTELA E LEÃO,
NO SÉCULO XVI, SOB CARLOS I

Metal	*Denominação*	*Equivalência*
Moedas de ouro	"Onza"	2.800 maravedis
	"Media onza"	1.400 maravedis
	"Doblón"	700 maravedis
	"Escudo"	350 maravedis
Moedas de prata	"Real"	34 maravedis
	"Medio real"	17 maravedis
Moedas de bilhão ("vellón" = cobre + prata)	"Cuarto"	8,50 maravedis
	"Ochavo"	4,25 maravedis
	"Maravedí"	
	"Blanca"	0,50 maravedis
	"Media blanca"	0,25 maravedis

OBSERVAÇÕES

1) O maravedi já não era cunhado no século XVI e servia como moeda contábil. Da mesma maneira, apenas para efeitos de contabilidade, existia o "cuento", equivalente a 1 milhão de maravedis.

2) O "marco de oro", mencionado pelo personagem do escudeiro, correspondia a meia libra de ouro (230 gramas), o equivalente a 23.800 maravedis.

3) O escudo correspondia a 1/68 de um marco de ouro de 22 quilates, ou seja, 3,38 gramas desse metal.

4) Existiam também moedas de ouro chamadas "castellanos", correspondentes a 480 maravedis, e "de a dos" (de dois) "castellanos", correspondentes a 960 maravedis. Esta última é a moeda que o escudeiro diz ir trocar quando some. Também circulava o "ducado", de ouro, equivalente a 375 maravedis.

5) As moedas de maior circulação eram apenas as de bilhão e as de prata. Mesmo sendo o poder aquisitivo do ouro maior do que hoje, as "blancas" e "medias blancas" mencionadas por Lázaro eram moedas de ínfimo valor, já que um maravedi não chegava a equivaler à centésima parte de um grama de ouro. Mais detalhes sobre o sistema monetário da época e sobre o poder aquisitivo da moeda podem ser encontrados nas seguintes obras:

ALEGRE PEYRÓN, José María. *Costumbres populares y formas de vida en la España del "Lazarillo de Tormes"*. Salamanca: ECE, 1985.

CARANDE, Ramón. *Carlos V y sus banqueros*. Madri, 1965-1967 (3 vol.).

FERNÁNDEZ ÁLVAREZ, Manuel. *La sociedad española en el siglo de oro*. Madri: Nacional, 1983.

HAMILTON, Earl J. *American Treasure and the Price Revolution in Spain, 1501-1600*. Nova York: Octagon Books, 1975. (Tradução ao espanhol de Ángel Abad: *El tesoro americano y la revolución de los precios en España, 1501-1600*. 2ª ed., Ariel: Barcelona, 1983.)

VICENS VIVES, J. *Historia social y económica de América y España*. Barcelona: Vicens Vives, 1977 (5 vol.).

PRINCIPAIS EDIÇÕES RECENTES, EM ESPANHOL, DE *LAZARILLO DE TORMES*

La vida de Lazarillo de Tormes. Edizione de Alfredo Cavaliere. Nápoles: Giannini, 1955.

La vida de Lazarillo de Tormes y de sus fortunas y adversidades. Edición crítica, prólogo y notas de José Caso González. Madri: Anejos del Boletín de la Real Academia Española, 1967.

Lazarillo de Tormes. Ed. de Francisco Rico in *La novela picaresca española* (I). Barcelona: Planeta, 1967.

La vida de Lazarillo de Tormes y de sus fortunas y adversidades. Ed., introducción y notas de Alberto Blecua. Madri: Castalia, 1974.

Lazarillo de Tormes. Edición de Joseph Ricapito. Madri: Cátedra, 1976.

Lazarillo de Tormes y Segunda parte del Lazarillo de Tormes por Juan de Luna. Ed. de Pedro M. Piñero. Madri: Nacional, 1977.

Lazarillo de Tormes. Ed. de José Caso González. Barcelona: Bruguera, 1982.

La vida de Lazarillo de Tormes y de sus fortunas y adversidades. Edición de Félix Carrasco. Madri: SGEL, 1983.

La vida del Lazarillo de Tormes. Ed. de F. Sevilla. Barcelona: Plaza y Janés, 1984.

Lazarillo de Tormes. Ed. de Francisco Rico. Madri: Cátedra, 1987.

Lazarillo de Tormes. Ed. de Víctor García de la Concha. Madri: Espasa Calpe, 1987.

Los tres Lazarillos. Ediciones críticas de Josep M. Sola-Solé. Barcelona: Puvill, 1987.

Lazarillo de Tormes. Ed. de Eduardo Godoy Gallardo. Valparaíso: Ediciones Universitarias de Valparaíso, 1992.

La vida de Lazarillo de Tormes y de sus fortunas y adversidades. Ed. de Félix Carrasco. Nova York: Peter Lang, 1997.

Las dos caras del "Lazarillo". Texto y mensaje. Ed. crítica y estudio de Aldo Ruffinatto. Madri: Castalia, 2000.

VALDÉS, Alfonso de. *La vida de Lazarillo de Tormes y de sus fortunas y adversidades*. Introducción de Rosa Navarro Durán. Ed. y notas de Milagros Rodrígues Cáceres. Barcelona: Octaedro, 2003.

BIBLIOGRAFIA MÍNIMA
SOBRE *LAZARILLO DE TORMES*

Actas del Primer Congreso Internacional sobre la Picaresca. Orígenes, textos, estructuras. Ed. Manuel Criado de Val. Madri: Fundación Universitaria Española, 1979.

AGUADO-ANDREUT, Salvador. *Algunas observaciones sobre el Lazarillo de Tormes.* Guatemala: Ed. Universitaria, 1965.

AGULLÓ Y COBO, Mercedes. *A vueltas con el autor del Lazarillo.* Madri: Calambur, 2010.

ALEGRE PEYRÓN, José María. *Costumbres populares y formas de vida en la España del "Lazarillo de Tormes".* Salamanca: ECE, 1985.

AYALA, Francisco. *El Lazarillo: nuevo examen de algunos aspectos.* Madri: Taurus, 1971.

BATAILLON, Marcel. "Introduction". In *La vie de Lazarillo de Tormes.* Paris: 1958. (Tradução ao espanhol: *Novedad y fecundidad del Lazarillo de Tormes.* Madri: Anaya, 1958.)

CAÑAS MURILLO, Jesús. *Una edición recién descubierta de Lazarillo de Tormes (Medina del Campo, 1554).* Mérida: Editora Regional de Extremadura, 1996.

CASTRO, Américo. "Perspectiva de la novela picaresca". In *Hacia Cervantes.* Madri: Taurus, 1957, pp. 83-105.

_____. "El *Lazarillo de Tormes*". In *Hacia Cervantes.* Madri: Taurus, 1957, pp. 135-41.

GARCÍA DE LA CONCHA, Víctor. *Nueva lectura del Lazarillo.* Madri: Castalia, 1981.

GILMAN, Stephen. "The Death of *Lazarillo de Tormes*". *Publications of the Modern Language Assotiation of America,* LXXXI, 1966, pp. 149-66.

GUILLÉN, Claudio. "La disposición temporal del *Lazarillo de Tormes*". *Hispanic Review,* XXV, 1957, pp. 264-79.

_____. "La disposición temporal del *Lazarillo de Tormes*"; "Los silencios de Lázaro de Tormes". In *El primer siglo de oro.* Barcelona: Crítica, 1988, pp. 49-65; 66-108.

GÓMEZ-MORIANA, Antonio. "La subversión del discurso ritual. Una lectura del *Lazarillo de Tormes*". *Imprévue*, 1, 1980, pp. 63-89.

_____. "La subversión del discurso ritual — II". *Imprévue*, 2, 1980, pp. 37-67.

GONZÁLEZ, Mario M. "Quando o imperador entrou em Toledo". In *O romance picaresco*. São Paulo: Ática, 1988, pp. 7-16.

_____. "Lazarillo de Tormes". In *A saga do anti-herói*. São Paulo: Nova Alexandria, 1994, pp. 81-127.

LÁZARO CARRETER, Fernando. *Lazarillo de Tormes en la picaresca*. Barcelona: Ariel, 1972.

LIDA DE MALKIEL, María Rosa. "Función del cuento popular en el *Lazarillo de Tormes*". In *Actas del Promer Congreso de la Asociación Internacional de Hispanistas*. Oxford: Dolphin, 1964, pp. 349-59.

_____. "Función del cuento popular en el *Lazarillo de Tormes*". In *El cuento popular y otros ensayos*. Buenos Aires: Eudeba, 1976, pp. 107-22.

MADRIGAL, José Luis. "Notas sobre la autoría del *Lazarillo*". *Lemir*, 12, 2008, pp. 137-236 (http://parnaseo.uv.es/Lemir/Revista/Revista12/08_Madrigal_Jose_Luis.pdf).

MARAVALL, José Antonio. *La literatura picaresca desde la historia social*. Madri: Taurus, 1986.

MÁRQUEZ VILLANUEVA, Francisco. "La actitud espiritual del *Lazarillo de Tormes*". In *Espiritualidad y literatura en el siglo XVI*. Madri: Alfaguara, 1968, pp. 67-137.

MOLHO, Maurice. *Introducción al pensamiento picaresco*. Salamanca: Anaya, 1972.

NAVARRO DURÁN, Rosa. *"Lazarillo de Tormes" de Alfonso de Valdés*. Salamanca: Semyr, 2002.

_____. *Alfonso de Valdés, autor del "Lazarillo de Tormes"*. Madri: Gredos, 2003.

RICO, Francisco. "Introducción". In *La novela picaresca española* (I). Barcelona: Planeta, 1967.

_____. "*Lazarillo de Tormes* o la polisemia". In *La novela picaresca y el punto de vista*. Barcelona: Seix Barral, 1970, pp. 13-55.

_____. *Problemas del "Lazarillo"*. Madri: Cátedra, 1988.

RODRÍGUEZ-PUÉRTOLAS, Julio. "*Lazarillo de Tormes* o la desmitificación del Imperio". In *Literatura, historia, alienación*. Barcelona: Labor, 1976, pp. 173-99.

SANTOJA, Gonzalo (coord.). *El "Lazarillo de Tormes". Entre dudas y veras*. Madri: España Nuevo Milenio, 2002.

SERRANO MANGAS, Fernando. *El secreto de los Peñaranda. El universo judeoconverso de la Biblioteca de Barcarrota. Siglos XVI y XVII*. Huelva: Servicio de Publicaciones de la Universidad de Huelva y Editora Regional de Extremadura (Biblioteca Montaniana, 10), 2004.

SIEBER, Harry. *Language and Society in "La vida de Lazarillo de Tormes"*. Baltimore/Londres: The Johns Hopkins University Press, 1978.

TARR, F. Courtney. "Literary and Artistic Unity in the 'Lazarillo de Tormes'". *Publications of the Modern Association of America*, XLII, 1927, pp. 404-21.

WARDROPPER, Bruce W. "El transtorno de la moral en el *Lazarillo*". *Nueva Revista de Filología Hispánica*, XV, 1961, pp. 441-7.

WILLIS, Raymond S. "Lazarillo and the Pardoner: The Artistic Necessity of the Fifth *Tratado*". *Hispanic Review*, XXVII, 1959, pp. 267-79.

BIBLIOGRAFIA SOBRE O ROMANCE PICARESCO

LAURENTI, Joseph L. *Bibliografía de la literatura picaresca*. Nova York: AMS Press, 1981.

_____. *Bibliografía de la literatura picaresca: suplemento*. Nova York: AMS Press, 1981.

RICAPITO, Joseph V. *Bibliografía razonada y anotada de las obras maestras de la picaresca española*. Madri: Castalia, 1980.

Este livro foi composto em Minion
pela Bracher & Malta, com CTP
da New Print e impressão da Graphium
em papel Pólen Natural 80 g/m^2
da Cia. Suzano de Papel e Celulose
para a Editora 34, em maio de 2024.